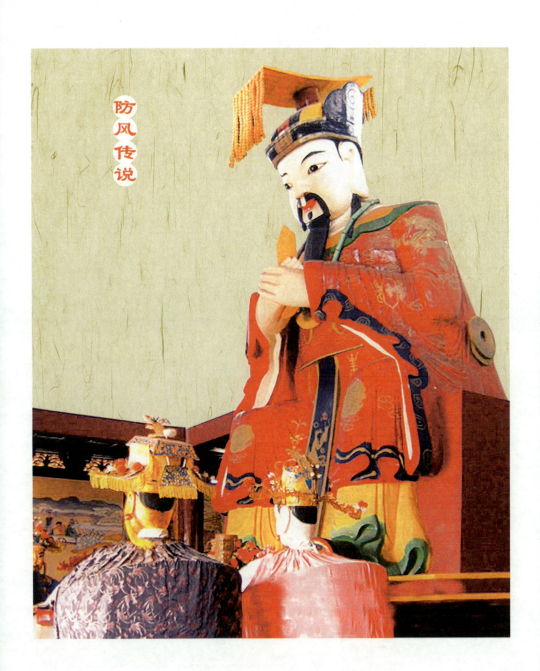

防风传说

防风传说

总主编 金兴盛

浙江省非物质文化遗产代表作丛书

浙江摄影出版社

姚明星 吴敏瑾 主编

周江鸿 编著

总 序

中共浙江省委书记
省人大常委会主任　夏宝龙

非物质文化遗产是人类历史文明的宝贵记忆,是民族精神文化的显著标识,也是人民群众非凡创造力的重要结晶。保护和传承好非物质文化遗产,对于建设中华民族共同的精神家园、继承和弘扬中华民族优秀传统文化、实现人类文明延续具有重要意义。

浙江作为华夏文明发祥地之一,人杰地灵,人文荟萃,创造了悠久璀璨的历史文化,既有珍贵的物质文化遗产,也有同样值得珍视的非物质文化遗产。她们博大精深,丰富多彩,形式多样,蔚为壮观,千百年来薪火相传,生生不息。这些非物质文化遗产是浙江源远流长的优秀历史文化的积淀,是浙江人民引以自豪的宝贵文化财富,彰显了浙江地域文化、精神内涵和道德传统,在中华优秀历史文明中熠熠生辉。

人民创造非物质文化遗产,非物质文化遗产属于人民。为传承我们的文化血脉,维护共有的精神家园,造福子孙后代,我们有责任进一步保护好、传承好、弘扬好非物质文化遗产。这不仅是一种文化自觉，是对人民文化创造者的尊重，更是我们必须担当和完成好的历史使命。对我省列入国家级非物质文化遗产保护名录的项目一项一册，编纂"浙江省非物质文化遗产代表作丛书"，就是履行保护传承使命的具体实践，功在当代，惠及后世，有利于群众了解过去，以史为鉴，对优秀传统文化更加自珍、自爱、自觉；有利于我们面向未来，砥砺勇气，以自强不息的精神，加快富民强省的步伐。

党的十七届六中全会指出，要建设优秀传统文化传承体系，维护民族文化基本元素，抓好非物质文化遗产保护传承，共同弘扬中华优秀传统文化，建设中华民族共有的精神家园。这为非物质文化遗产保护工作指明了方向。我们要按照"保护为主、抢救第一、合理利用、传承发展"的方针，继续推动浙江非物质文化遗产保护事业，与社会各方共同努力，传承好、弘扬好我省非物质文化遗产，为增强浙江文化软实力、推动浙江文化大发展大繁荣作出贡献！

（本序是夏宝龙同志任浙江省人民政府省长时所作）

前 言

浙江省文化厅厅长　金兴盛

　　要了解一方水土的过去和现在，了解一方水土的内涵和特色，就要去了解、体验和感受它的非物质文化遗产。阅读当地的非物质文化遗产，有如翻开这方水土的历史长卷，步入这方水土的文化长廊，领略这方水土厚重的文化积淀，感受这方水土独特的文化魅力。

　　在绵延成千上万年的历史长河中，浙江人民创造出了具有鲜明地方特色和深厚人文积淀的地域文化，造就了丰富多彩、形式多样、斑斓多姿的非物质文化遗产。

　　在国务院公布的四批国家级非物质文化遗产名录中，浙江省入选项目共计217项。这些国家级非物质文化遗产项目，凝聚着劳动人民的聪明才智，寄托着劳动人民的情感追求，体现了劳动人民在长期生产生活实践中的文化创造，堪称浙江传统文化的结晶，中华文化的瑰宝。

　　在新入选国家级非物质文化遗产名录的项目中，每一项都有着重要的历史、文化、科学价值，有着典型性、代表性：

　　德清防风传说、临安钱王传说、杭州苏东坡传说、绍兴王羲之传说等民间文学，演绎了中华民族对于人世间真善美的理想和追求，流传广远，动人心魄，具有永恒的价值和魅力。

泰顺畲族民歌、象山渔民号子、平阳东岳观道教音乐等传统音乐，永康鼓词、象山唱新闻、杭州市苏州弹词、平阳县温州鼓词等曲艺，乡情乡音，经久难衰，散发着浓郁的故土芬芳。

泰顺碇步龙、开化香火草龙、玉环坎门花龙、瑞安藤牌舞等传统舞蹈，五常十八般武艺、缙云迎罗汉、嘉兴南湖掼牛、桐乡高杆船技等传统体育与杂技，欢腾喧闹，风貌独特，焕发着民间文化的活力和光彩。

永康醒感戏、淳安三角戏、泰顺提线木偶戏等传统戏剧，见证了浙江传统戏剧源远流长，推陈出新，缤纷优美，摇曳多姿。

越窑青瓷烧制技艺、嘉兴五芳斋粽子制作技艺、杭州雕版印刷技艺、湖州南浔辑里湖丝手工制作技艺等传统技艺，嘉兴灶头画、宁波金银彩绣、宁波泥金彩漆等传统美术，传承有序，技艺精湛，尽显浙江"百工之乡"的聪明才智，是享誉海内外的文化名片。

杭州朱养心传统膏药制作技艺、富阳张氏骨伤疗法、台州章氏骨伤疗法等传统医药，悬壶济世，利泽生民。

缙云轩辕祭典、衢州南孔祭典、遂昌班春劝农、永康方岩庙会、蒋村龙舟胜会、江南网船会等民俗，彰显民族精神，延续华夏之魂。

我省入选国家级非物质文化遗产名录项目，获得"四连冠"。这不仅是我省的荣誉，更是对我省未来非遗保护工作的一种鞭策，意味着今后我省的非遗保护任务更加繁重艰巨。

重申报更要重保护。我省实施国遗项目"八个一"保护措施，探索落地保护方式，同时加大非遗薪传力度，扩大传播途径。编撰浙江非遗代表作丛书，是其中一项重要措施。省文化厅、省财政厅决定将我省列入国家级非物质文化遗产名录的项目，一项一册编纂成书，系列出版，持续不断地推出。

这套丛书定位为普及性读物，着重反映非物质文化遗产项目的历史渊源、表现形式、代表人物、典型作品、文化价值、艺术特征和民俗风情等，发掘非遗项目的文化内涵，彰显非遗的魅力与特色。这套丛书，力求以图文并茂、通俗易懂、深入浅出的方式，把"非遗故事"讲述得再精彩些、生动些、浅显些，让读者朋友阅读更愉悦些、理解更通透些、记忆更深刻些。这套丛书，反映了浙江现有国家级非遗项目的全貌，也为浙江文化宝库增添了独特的财富。

在中华五千年的文明史上，传统文化就像一位永不疲倦的精神纤夫，牵引着历史航船破浪前行。非物质文化遗产中的某些文化因子，在今天或许已经成了明日黄花，但必定有许多文化因子具有着超越时空的生命力，直到今天仍然是我们推进历史发展的精神动力。

省委夏宝龙书记为本丛书撰写"总序"，序文的字里行间浸透着对祖国历史的珍惜，强烈的历史感和拳拳之心。他指出："我们有责任进一步保护好、传承好、弘扬好非物质文化遗产。这不仅是一种文化自觉，是对人民文化创造者的尊重，更是我们必须担当和完成好的历史使命。"言之切切的强调语气跃然纸上，见出作者对这一论断的格外执着。

非遗是活态传承的文化，我们不仅要从浙江优秀的传统文化中汲取营养，更在于对传统文化富于创意的弘扬。

非遗是生活的文化，我们不仅要保护好非物质文化表现形式，更重要的是推进非物质文化遗产融入愈加斑斓的今天，融入高歌猛进的时代。

这套丛书的叙述和阐释只是读者达到彼岸的桥梁，而它们本身并不是彼岸。我们希望更多的读者通过读书，亲近非遗，了解非遗，体验非遗，感受非遗，共享非遗。

2015年12月20日

目录

浙江省德清县三合乡古时为防风国中心地域，民间流传着许多鲜活的防风传说。作为吴越古文化的活化石，防风传说被誉为继中原神话、云南岩画、纳西族祭天古歌之后第四大珍贵发现。其主要流布地在德清县三合乡封、禺二山方圆百里及周边地区，该区块正处于良渚文化圈的核心地带。防风传说不仅在德清及周边地区盛传，还广泛流布于浙江其他地区，如金华、绍兴、嘉兴和湖州等地，以及江苏扬州、上海浦东和山东境内。

据极为稀少的古籍文献记载，防风是大禹时代治水神话故事中所提及的一位悲剧性人物。而德清县三合乡一带以防风为主体的传说内容之丰富，令人叹为观止，它涉及巨人、山神、治水降妖、创世立国、教民稼穑等神话主题，还呈现出与传说密切相关的祭祀、庙会等多元文化民俗元素，构成了一幅远古时期百越民族的历史与生活版图。古往今来，防风传说内容在历史进程中不断丰富，融入了广大民众的理想、愿望、爱憎；形式上也不断创造变化，从原型神话衍变为神话传说、神话历史，大大丰富了江南地区民俗文化的内涵。口传防风神话传说是中国远古最优秀的神话之一，对后来各朝代的书面文学产生了深远的影响。它的传承包括典籍传承和口头传承两大块。典籍中最早记录防风故事的为《国语·鲁语（下）》，司马迁在《史记·孔子世家》中对孔子有关防风传说的论述加以评说，后世文人多据此引用。民间口传神话传说，迄今为止，已搜集整理发表的有四十余则，其中收录于《防风氏资料汇编》一书中的有二十七则。

按主要流传地划分，浙江省德清县有《大禹找防风》等十四则，2011年11月新搜集十二则；湖州市郊区有《防风塔》一则；安吉县有《禹杀防风求天助》、《孝丰长人会的传说》等两则；绍兴县有《大禹斩防风氏》等五则；东阳市有《王鳏与防风》等四则。江苏省有《防风氏的由来》等两则。

按主要内容划分，有介绍防风形象的，如《尧封防风国》；有记述防风治水的，如《防风立国》、《防风氏为啥又称"汪芒氏"》等；有解析防风氏被杀原因的，如《禹杀防风氏》、《大禹斩防风氏》、《刑塘戮防风》等。

防风氏是历史与神话交融的人物，防风传说是对历史典籍记载的补充。此外，借助防风祠及防风庙会等物化的依托，防风传说代代相承，流传至今。

　　20世纪80年代中后期,防风传说的发掘与学术研究已初见端倪。1991年、1993年,德清县召开了两届中国防风神话学术研讨会,在海内外影响较大。1996年,钟伟今主编的《防风神话研究》面世。1999年,钟伟今、欧阳习庸《防风氏资料汇编》出版,从学术研究资料层面填补了国内空白,大致形成了阶段性成果。1996年,德清县三合乡在原址重建防风祠,恢复中断近半个世纪的古老乡风民俗——防风氏秋祭。随后,当地开展了田野调查,进行防风传说民间口述资料搜集、整理工作,民间祭祀、防风庙会等民俗活动风生水起。2011年5月,国务院公布第三批国家级非物质文化遗产名录,德清县防风传说名列其中;12月,第三届中国防风神话学术研讨会在德清召开,为防风神话研究和防风传说活态传承保护注入了新的活力。回顾二十多年的历程,德清县的防风传说都与防风氏神话有着密不可分的联系,反映了当地民众对防风氏的怀念与崇敬之情,保留着世世代代流传下来的朦胧记忆。

　　防风传说是古籍记载与当下民间口头活态传承相辅相成、水乳交融的民间文学样本,它蕴含的历史文化意义和影响力是不言而喻的。

　　防风传说不仅与典籍记载相印证,而且还拓展了上古神话的文化信息容量，对今后防风神话的原生态探索与重构，对华夏民族与百越民族的纷争与融合，对大禹治水、良渚文化、长江文明的研究，以及对中国乃至东南亚地区的神话学建设皆大有裨益。

德清县人民政府副县长　洪延艳

一、防风传说的渊源

防风氏本来是一个历史人物，一个统领部落族人的诸侯。但在古代文献记载中，却变成了一个神，一个超现实的巨人，这是民间传说流传过程中，人民群众艺术想象、加工的结果。

一、防风传说的渊源

[壹]防风传说的文献记载

防风氏本来是一个历史人物，一个统领部落的诸侯。但在古代文献记载中，却变成了一个神，一个超现实的巨人。这是民间传说流传过程中，人民群众艺术想象、加工的结果。

在人类文字产生以前，历史只能在人们口头流传。民间传说是当时唯一的历史，代代相传，后来以文字记录下来。防风传说也经历了这样一个过程。防风史事见诸先秦典籍，其后，世代虽有记述，惜事略文简，语焉不详。防风传说最早的文字记录，出现在先秦的历史文献《国语·鲁语（下）》之中。后由司马迁记载于《史记·孔子世家》，流传

防风祠内壁画《防风踩湖泄洪》

千古。

《国语·鲁语(下)》

　　吴伐越，堕会稽，获骨焉，节专车。吴子使来好聘，且问之仲尼，曰："无以吾命。"宾发巾十大夫，及仲尼，仲尼爵之。既彻俎而宴，客执骨而问曰："敢问骨何为大？"仲尼曰："丘闻之：昔禹致群神于会稽之山，防风氏后至，禹杀而戮之，其骨节专车。此为大矣。"客曰："敢问谁守为神？"仲尼曰："山川之灵，足以纲纪天下者，其守为神；社稷之守者，为公侯。皆属于王者。"客曰："防风何守也？"仲尼曰："汪芒氏之君也，守封、隅之山者也，为漆姓。在虞、夏、

孔子像

商为汪芒氏，于周为长狄，今为大人。"客曰："人长之极几何？"仲尼曰："僬侥氏长三尺，短之至也。长者不过十之，数之极也。"

《韩非子·饰邪》

禹朝诸侯之君会稽之上，防风之君后至而禹斩之。

《史记·孔子世家》（司马迁）

吴伐越，堕会稽，得骨节专车。吴使使问仲尼："骨何者最大？"仲尼曰："禹致群神于会稽山，防风氏后至，禹杀而戮之，其节专车，此为大矣。"吴客曰："谁为神？"仲尼曰："山川之神足以纲纪天下，其守为神，社稷为公侯，皆属于王者。"客曰："防风何守？"仲尼曰："汪罔氏之君，守封、禺之山，为釐姓。在虞、夏、商为汪罔，于周为长翟，今谓之大人。"

司马迁所著《史记》记载夏禹戮防风氏

《吴越春秋·越王无余外传》

（禹）即天子位，三载考功，五年定政。周行天下，归还大越。登茅山，以朝四方群臣，观示中州诸侯。防风后至，斩以示众，示天下悉属禹也。

《左氏博议》卷十九

防风氏，身横九亩不能免于会稽之诛。昔禹致群臣于会稽之山，防风后至，禹杀而戮之，身横九亩。

《竹书纪年》卷上

八年（帝禹夏后氏）春，会诸侯于会稽，杀防风氏。

《广韵·唐》

汪，姓。汪芒氏之胤。（《说文》："胤，子孙相承续也。"）

《读史方舆纪要·浙江三》卷九十一

封山，（武康）县东十八里。《鲁语》：仲尼曰，汪芒氏之君，守封、禹之山。今县境即古防风氏封守之地也。唐时改此为"防风山"。又，禹山，在封山东南二里，相传防风氏都此。韦昭曰：封、禹，二山名（《史记集解》韦昭曰：封，封山；禹，禹山：在吴郡永安县），或以封山为封禹山，误矣。《吴兴志》：禹十二代孙帝禹巡狩时驻此，故曰"禹山"。

《路史·国名纪》卷二十五

防风，釐姓。守封、禹之间。二山在今湖之武康。

《吴兴记》云：吴兴西有风渚山，一曰"风山"，有风公庙，古防风国也。下有风渚，今在武康东十八里。天宝改曰"防风山"。禹山在其东二百步。《说文》作"嵎"。

《浙江通志》卷十二

封山，《吴兴掌故》：在县东十八里，防风氏所封之地。又名"风渚山"。吴康侯《封山记》：唐天宝六年，更名"防风山"。

禹山，嘉靖《湖州府志》：在县东南三十里，防风氏所都也。一云夏帝禹尝南巡狩至此。（《太平寰宇记》：仲尼曰：汪芒氏之君守封禹之山，言防风治此二山也。）

《述异记》卷上

越俗，祭防风神，奏防风古乐，截竹长之三尺，吹之如嗥，三人披发而舞。

《浙江通志》卷二二〇

防风氏庙，万历《湖州府志》：在（武康）县东南，封、禹二山之间。祀防风氏之神。岁以八月二十五日致祭。吴康侯《封山记》：封、禹二山之间，古汪芒氏之封国，即防风也。去武康县东一十八里。为其封守之地，故曰"封山"。唐天宝六年更名"防风山"，又曰"封公山"。封山麓为防风庙，晋元康初，邑令贺循建。吴越王钱镠微时祷，有验。后封灵德王，其碑碣犹存。洪武四年（1371年），敕封防风氏之神。至今都人士封羊醴酒、有司俎豆而祀之，岁一举焉。

宋沈括《梦溪笔谈》卷五

尝有人于土中得一朽弊捣帛杵，不识，持归以示邻里。大小聚观，莫不怪愕，不知何物。后有一书生过，见之曰："此灵物也。吾闻防风氏身长三丈，骨节专车。此防风氏胫骨也。"乡人皆喜，筑庙祭之，谓之"胫庙"。

清道光《武康县志》

汪芒坞，在县西南十五里，又名"长人坞"，防风苗裔居此。

《德清县志》（1992年版）"防风氏国"

相传尧王时，共工撞断天河柱子不周山，神州洪水泛滥，汪洋一片。住在南方的防风身材高大，用手将天上的泥灰取下来填洼坑，结果泥灰化成大山，把洪水挤进海里。尧见防风治水本领大，便把封山、禹山一带（今三合乡二都村）赐给防风。后来，禹治水来到南方，向防风请教治水方法。禹照防风的挖坑开沟法治水，获得成功，封防风为防风国君。防风国有个大湖，叫"防风湖"（今下渚湖）。从封山下望，防风湖汪洋水网，千港百河，故后人又称防风氏为汪罔氏。夏禹治水成功后，在会稽山开庆功会。防风因山区泛洪，帮百姓打捞财物而迟到，夏禹盛怒之下将防风斩首。数月后，禹下乡察访民情，了解到防风迟到实情，深感内疚，便敕封防风为"灵德明王"，令防风国建造防风祠，供奉防风神像，每年三月初三、八月廿五两祭，禹亲临祭祀，并载入夏典。防风祠大殿刻有楹联："五千年藩分虞夏，矢志靡陀，追思洪水龙蛇，捍卫到今留圣泽；一百里壤守封禺，功垂不朽，试看崇祠俎豆，酬庸终古沐神庥。"民国时防风祠香火犹盛，新中国成立初庙貌尚存。

[贰]防风传说的相关遗迹

　　德清县三合乡一带的防风氏遗迹与传说，深深烙有防风氏后裔缅怀祖先的印记。传说华夏、东夷、苗蛮三大族团融合为先秦时期的华夏族，夏人、商人、周人都是华夏族一员。经过春秋战国时期

防风古国中心地域德清县三合乡下渚湖湿地地理图

的融合,华夏族与蛮夷戎狄在秦、汉帝国建立后迅速融合为人口众多、文化一致的汉民族。

历史学家董楚平先生曾对防风氏做过详尽考证,他指出:古代的会稽有三处:一在山东,一在辽西,一在江南,但是山东、辽西的会稽湮灭不闻,唯有江南的会稽独存于后世。禹杀防风的地点也盛传在江南会稽。"防"的地名以山东为最多、最早,河南、浙江、湖北的古"防"地都是从山东迁去的。防风氏以"防"为氏,原为山东土

著。古代有四个风姓国，皆在山东。"防风氏"是重二氏以为氏。山东古有五个"防"地，四个在西南部，山东四个风姓国也都在西南部，防风氏被杀于泰山附近的会稽，地处鲁西南的中心。防风氏未必原居鲁西南，但可以肯定是山东土著。封嵎之山是防风氏的老家，西周以前封嵎应在胶东半岛北部的黄县、蓬莱一带。三国时，吴国韦昭注《国语》曰："封，封山；嵎，嵎山。今在吴郡永安县也。"一山变为二山，地点也搬到了今天浙江省德清县的三合乡。今德清县三合乡封山、禹山一带，防风氏传说特盛。东周以后，这一带当是防风氏族裔的重要聚居地。

20世纪80年代民俗工作者在浙江采风时搜集到大量防风氏传说，发表后引起全国民间文学界的高度重视。防风传说始见于先秦古籍《国语·鲁语（下）》，以后文献鲜有补充，而浙江防风传说正可以拾遗补阙。在浙江省德清县，不仅有关于防风氏的口头传说，而且三合乡有封山、禹山。封山下，晋元康初年（291年）县令贺循建有防风氏祠（俗称"防风王庙"）；五代吴越王钱镠重新建造，号"灵德王庙"；后屡建屡毁，1996年在原地按原样修复。每年农历八月廿五，三合、秋山一带的乡村都要举办祭祀防风王庙会，前后三天，十分热闹。

防风氏是大禹时代北方的一个部落首领，但在北方却湮没无闻，有关他的传说出现在浙江德清一带，显然是因为防风氏被杀后，他的后裔举族迁徙、辗转避难来到南方后带来的。时过境迁，防风氏的后裔已经融入汉民族，谁是防风氏的嫡系？防风氏的后代姓什么，防、方、风、封还是漆？历代谱系如何？这些都搞不清楚了，但是关于祖先的传说却仍然深深地保留在人们的记忆里。

防风古国的疆域，从史籍中可以窥得端倪。南朝宋山谦之《吴兴记》曰："吴兴南有风渚山，有风公庙，古防风国也。下有风渚，岘山在其东二百步。"清道光《武康县志》："夏属扬州防风氏国……扬州之域，盖古防风氏国也。"民国《德清县志》："夏，古防风氏国；商，封禺地。"清《海宁州志》卷七："双庙，在县（盐官）西一百三十步……旧系防风庙，梁大同二年建。"宋吴自牧《梦粱录·古神祠》："防风庙，在廉德朱呑。"清翟灏《艮山杂志》："防风氏庙，在廉德乡朱呑村，父老相传，乡民田蚕之所，不知何代所立。"清汪荣等修同治《安吉县志》："安吉属禹贡扬州之域，为防风国西境。"唐李吉甫修元和《郡县志》："湖州，禹贡扬州之域，防风氏之国。"南宋谈钥《吴兴志》："防风氏祠在郭尚书、苏将军庙之间，庙在封、禺山。城下（临湖门内）亦为小祠。"可见其东至大海，南至长江，西至安吉，北至太湖。

早在四千年前，位于钱塘江与太湖流域的防风古国，其统治中心方圆百里，包括今湖州市所属德清、长兴、安吉三县，江苏省苏州市吴江区和杭州市余杭区的彭公、瓶窑、良渚一带，都城建在今德清县三合乡二都村的防风山。当时，已进入父系氏族社会末期，农业

生产已有开渠排涝，掘井取水，种植水稻，栽桑养蚕等；手工业有似蛋壳之薄的良渚黑陶和各种雕琢的玉器、骨器；水上交通使用木桨和舟运；最早的象形文字可能已出现。公元前2198年，中原华夏部落军事联盟的最高首领夏禹巡视江南，在今绍兴会稽山召集各地诸侯会议。因夏禹欲废除原始的民主禅让制度，传位于其子启，防风氏曾加以劝阻，故夏禹借赴会迟到之罪杀戮防风氏，演绎了中国历史上第一桩千古冤案。防风国人也同时遭殃，他们纷纷外迁，部分人甚至漂洋过海到了日本。

　　四千年前防风古国所属地区的良渚文化遗址、钱山漾文化遗

防风山防风洞（吴文贤摄于1991年）

址，尤其是近几年发掘的良渚、瓶窑、安溪的三角地带，与防风国古都二都紧连成一片。古代良渚以南地区与杭州一带皆为海湾、湖泊沼泽地带。防风国辖地封山、禹山和风（下）渚湖，山清水秀，人杰地灵，源自天目山之阳的东苕溪经瓶窑、安溪与二都下渚湖相连，又与龙溪汇合，北通钱山漾。西晋元康初年（291年），武康知县贺循在二都封山（防风山）南麓新建防风氏祠，至五代吴越国钱镠时，于931年封防风氏为灵德王，扩建原祠为灵德王庙。

防风山位于下渚湖北岸，海拔仅125米，东起观音岭，西连茅田畈，北至资福寺，南麓为二都。防风山又名"封山"、"风山"、"风渚

雪后防风祠

山"，唐天宝六年（747年）改名为"防风山"。防风山蝙蝠禅寺北有石室，俗称"蝙蝠洞"，雅号"封公洞"，《山海经》中称之为"大人之堂"。洞穴常年滴水，夏日凉爽。清道光《武康县志》载"洞中广容百席"，放得下百桌宴席，相传为防风王的居所。

防风祠坐北朝南，毗邻防风山，南面下渚湖，是当地百姓祭祀防风王的重要场所。防风氏是守封山、禺山的国王，也是封、禺方圆百里之地的庇护神。早在一千七百多年前（西晋元康初年），乡人在玉屏山南麓乌墙头建造了防风祠。到五代时期吴越国国王钱镠重建防风祠，称为"灵德王庙"，并立石碑纪念。如今古石碑还立于祠中，

防风王像

这是江南现存最古老的石碑之一，距今已有一千零七十余年历史。传为罗隐书，碑高262厘米，厚25厘米，宽88厘米。

防风祠在清乾隆年间扩建重修，三进土木结构，分山门、戏台及天井、大殿，戏台在庙会期间演社戏，大殿内塑有高大雄伟的防风王神像，其尊容是

"龙首牛耳，连眉一目"。

　　从前，大殿前还植有两株千年古树黄檵，盘根错节，枝繁叶茂，"文化大革命"期间与祠同遭厄运，毁于一旦。1988年，防风氏祠在原址重建，占地面积455平方米，建筑面积377平方米，大殿高15.88米，重檐翘角，气势宏伟。匾额书写有"风山灵德土庙"，祠中塑有防风氏神像。1996年重修防风祠，防风神像以君王面目示人，四周壁画详细记录了防风氏治水降妖，造福一方百姓的事迹。

　　明宋雷在《西吴里语》卷一中记载："武康县有封、禺二山，盖古防风氏之国也。晋元康初，人有早起诣县者，见一伟人坐于县之

防风祠壁画

门楼，身长数丈，垂足至地，大惊。忽不见。时县令贺循谓此地古防风氏国，岂其神乎？遂为建庙。唐元和间重建。吴越钱镠，微时尝祷于庙，有验，封灵德王。令建庙于二山之间，有吴越《风山灵德王庙记》，每岁以八月二十五日致祭，列在祀典。"

这是一段很有趣的描述，传递给我们不少信息。首先，古代就有防风国、防风庙，以及防风祭祀活动。而令人诧异的是，防风氏巨人的魅影还坐在城墙门楼上，垂脚至地，不吓坏百姓才怪呢！让一个孤魂野鬼四处游荡，总有点不妥，县令贺循比较有学问，知道本地乃古防风国，如此高大的鬼魂莫非防风王？宁可信其真，于是就集资大兴土木，建造防风神庙，让防风王享庙食，庇佑一方百姓。

民间秋祭防风神

武康縣志　卷十一　壇廟志

禩三絕雍正五年重修楔門乾隆十二年知縣劉守成
重整正廳建橋於廟前向西山門改坊名誉心又撥十
七都關廟田五畝地一畝七分山五畝諭關廟道士帶
産住持每歲春秋二仲月戊日合祭於風雲雷雨山川
壇嘉慶四年知縣龔募重修
先蠶祠　在城隍廟西偏桑果園舊址嘉慶四年間知縣
龔潜創建祀古西陵氏之神
防風氏廟　在縣東南十八里封周二山之間述異記云
會諸侯於塗山執玉帛者萬國防風氏後至誅之令南

七　三百七十五

風神土木作其形龍首牛耳遶眉一目戌化府志晉元
奏防風古樂披竹長三尺吹之如嘷三人披髮而舞而
中民有姓防風者即其後也人皆長大其俗祭防風神
康初知縣賀循立廟唐元和間重建吳越錢王禱元
聆封爲靈德王明洪武四年載入祀典號曰防風氏之
神每歲八月二十五日致祭陳姓帛醯醴粢盛庶品主
祭官行三獻六叩禮二都生員執事　國朝雍正十一
年知縣李從熊將公項銀抵修乾隆十一年知縣劉守
成撥上大慈寺西房田十三畝九分山七十二畝六分

武康縣志　卷一　建置志

諭伯帶産住持廟制正殿三間東西廂房共十六間後
堂一鄉約所有碑記
門三間頭門三間內四廡一相公殿一地藏殿一觀音
唐天下都元帥吳越國王新建鳳山靈德王廟記

八

古籍中有关防风庙的记载

当地老百姓觉得防风王本来就住在防风山上，既然可以造庙祭祀，为何不造在防风山上？不久，他们就在封山与玉屏山两峰之间一块高爽之地盖起了一座防风庙，庙里四季香火不断。旧时，此地还遗有残垣断壁，由黑色石块垒成，俗称"乌墙头"。民国年间，当地无知乡民每年秋季上山搬来黑石块垒砌墙头，用来防御冬天呼啸的西北风。这乌墙头来历普通，可其背后的传说故事却很神奇。2005年秋天，堪称德清县防风史料"活字典"的欧阳习庸老先生讲述了防风庙的来历：当年，钱镠还是一个无名将校。一天，他率兵卒来到防风山乌墙头防风庙，只见防风神像高大勇猛，威风凛凛，不由得肃然起敬。他一边上香祭拜，一边嘴里念念有词：假如我有朝一日飞黄腾达，一定让大王住大庙，受人顶礼膜拜。请大王好好保佑我……

防风祠前铁香炉

日后，果真非常灵验，钱镠有如神助，战无不胜，平步青云，一直做到吴越国国王。他没食言，派人择地修建了一座富丽堂皇的防风大庙，正式册立"风山灵德王庙"，并令当地县官每年农历八月二十五设牲致祭。防风庙会习俗一直延续至今。

南朝梁任昉《述异记》记载,魏晋南北朝时期,吴越地区建有防风庙,里面的防风氏像"龙首牛耳,连眉一目,足长三丈"。当时,四川南中一带有防风氏族裔,他们都是防风氏的后代,长得都很魁梧。

清道光《武康县志》记载:"汪芒坞,在县西南十五里,又名'长人坞',防风苗裔居此。"在德清县武康上柏水家坞村附近,人们发现一个地名叫"长人坞"(今作"丈人坞")的村庄,因相传此地为长人防风氏的故城,故名。从水家坞西行约5华里便是丈人坞。这是个

下渚湖夕照

有两三华里长的山岭，东西向，两边遍长修篁。岭北侧之山，名"野猪窝"，高处名"随潮坞"。岭西有划楫岭，岭下有溪，溪中少水，并露出一划楫长的山峰。这丈人坞的来历有两种说法：一说是丈人坞又叫"长城坞"，是秦始皇筑长城，用赶山鞭到东南来赶山，山不肯

防风山鸟瞰下渚湖

上路，抽了七十五鞭，抽出了七十五个山坞，其中就有长城坞。二是丈人坞就是长人坞，为身高三丈余的防风氏聚族而居的城池，周朝时就已十分热闹，后来又是武康县县治，从前有"九铺十三当"（一说"七车八当"），有热闹的街面。当地群众以后一种说法居多。丈

人坞岭上有石条砌成的水濠，形似作战用的壕沟。相传夏禹曾登临随潮坞，见二都"红光冲天"。当地人又说防风王治水有功，被禹所杀，是天大的冤枉。人称防风氏为"防风菩萨"或"防风土地"，亦称"治水大帝"。

宋人吴自牧《梦粱录·古神祠》记述："防风氏庙，在廉德乡朱呑。"清人翟灏在《艮山杂志》中曰："防风氏庙，在廉德乡朱呑村，父老相传，乡民祈田蚕之所，不知何代所立。"还转述："防风庙土木作，其形龙首牛耳，连眉一目。"清光绪《杭州府志》记载："余杭县有金鹅山，山鸣则县出贵人，古防风氏封此。山下有风渚，山旁支垄直抵钱塘与龙门山相接。"

良渚文化发祥地杭州市余杭区的良渚、安溪、彭公和毗邻的德清县三合乡还遗留有防风洞、防风庙、巽斗门等。金鹅山、龙门山在彭公、安溪一带。民间传说"彭公"即"防风"的谐音，彭公岭尚在今104国道的彭公站旁。廉德乡的防风庙即今江干区笕桥镇横塘村的匏风故社旧址，已成为杭州郊外有关防风传说的唯一物证。

在没有开拓大运河时，防风古国的运输依赖一条鲜为人知的山道。早在上古时代，防风山通往南北的一条驿道就已打通，现在还依稀能分辨出盘旋于山岭间，曾经凭它驮盐、贩米、行军打仗的远古通道。这条深藏于防风山，包浆乌黑的古道，宽不过两三米，每一级台阶都是由粗拙的条石砌成。它发端于远古，经汉、唐、宋、元，又经过明成化、万历和清康、雍、乾三代"盛世"，渐行渐衰，最终消失于下渚湖畔的山野深处，山林树丛将古道藏得严严实实。明成化年间重修时，防风古道开拓得相当宽阔，设有驿站，马匹驰骋，相当于如今的高速公路。从地形上看，此古道与运河一样，可以拉近南方至北方的距离。从防风山上看，这条路延伸到平原后，与现今的高速公路同一方向。古道如今已经荒芜，但也曾经兴盛过。当年，有络绎不绝的马队和商人经过，那山岭上的驿站、庙宇遗址就是见证。

二、防风传说的流传

从新发现的防风氏传说来看，其主要内容和情节，反映了先民治水与稻作生产，而且还与鲧、禹、息壤（色土）、玄龟等神话故事交织在一起。

里整正廳建橋於廟前向西山門……
都關廟田……

住持每歲春秋……

壇嘉慶四年命縣蕤湾重修

盛祠　在城隍廟西偏桑果園舊址……

與潜創建祀古西陵氏之神

氏廟　在縣東南十八里封禺……

曾諸侯於塗山執玉帛者萬國防風……

中民有姓防風者即其後也人首……

康縣志

二、防风传说的流传

（一）江南的防风传说

江南地区的马桥文化及其后续文化，核心是稻作文化。而稻作文化作为中华大地上三大古文化之一（其他两个是黄河流域以种粟为主的旱地农业文化和东北、蒙新高原、青藏高原的以狩猎、采集、游牧为主的游牧文化），正是长江流域及南方文化的基本特征。古老的吴越地区稻作劳动及其文化得以保存下来，现代考古发掘证明了这一点。新发现的防风氏传说及相关民俗事象，也能证明这一点。防风传说的内容带有稻作生产的明显烙印。因为吴越先民的"筑陂灌田"和"火耕水耨"的稻作生产，既怕山洪暴发，洪水横流，又怕没有水灌溉稻田，淹死杂草，这样，人们必须既抗洪又蓄水、储水。

从新发现的防风传说来看，其主要内容和情节，反映了先民治水与稻作生产，而且还与鲧、禹、息壤（色土）、玄龟等神话故事交织在一起。绍兴、湖州一带流传的《防风治水》、《防风为何封王》、《防风井》、《防风塔》等，都反映太湖和太湖流域的来历。流传在湖州一带的《尧封防风国》和金华、东阳一带的《王鳏治水》、《大

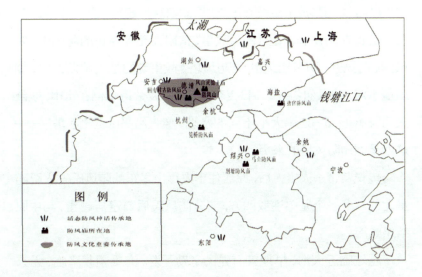

防风传说流布示意图

禹杀防风》反映了治水方法之争。

除了反映稻作生产外，新发现的防风传说讲述了许多关于吴越地区山川、地形、湖泊的来历。如《防风造太湖》就是一例。流传在金华、东阳的《大禹杀防风》故事，依附在当地古老的大禹山、大盆山、小盆山和防风岩上；绍兴流传的《刑塘》和《十里湖塘八尺庙》中说防风身材高大，大禹堆土让刽子手行刑，就有了"刑塘"的地名。又说防风被大禹杀害后，当地百姓将防风尸体葬在附近。后来，在治理镜湖时，掘出一根八尺长的人骨，据说是防风的胫骨。于是，人们便在那里建了一座防风庙。因为防风的骨头八尺长，所以俗称

"八尺庙",还形成了绍兴谚语"十里湖塘八尺庙"。

流传在湖州、德清的神话故事,依附在至今存在的防风山、防风洞、防风井、防风庙之中。《防风塔》故事说的是太湖发大水,湖州遭水淹,防风匆匆赶来,日夜奔走治水,疲劳得晕倒在水中,他巨大的身躯形成一连串大小不同的水塘,像一座平卧的"水塔"——这就是湖州防风塔的来历。

传说黄帝杀灭蚩尤后,原居住于太行山之东的防风氏先人跟随蚩尤的八十一个兄弟逃散四方,部分防风氏后裔避居越土,与中原结怨颇深。

越域临近大海,早期就有先民辛勤开发。海难频频降临,无奈部分越人迁徙海外,部分越人迁居内陆之地,存留部分"乃复随陵陆而耕种,或逐禽鹿而给食"。由于分散居住在丘陵盆地,形成众多小邦方国,史称"百越"。后来,防风氏就和百越联姻,结成亲家,安居封山。

20世纪80年代,在太湖流域特别是浙江德清新发现的防风传说,证明在大禹治水的活动中,百越族先祖防风氏起了重要的作用。治理洪水的过程,防风氏的治理方法,挖地凿井,金属器具的发明和应用,以及货币、城邦的兴起等,在传说中都有真切、生动的反映。防风传说这一原始口碑,成为中华文明江南之源的重要佐证。

大禹采纳了防风氏以疏导为主、疏堵结合的治水理念与方法,

如历来传他兼用"堙"与"导"。著名历史地理学家陈桥驿先生在
《绍兴农业发展史略》中认为，防风氏在南方治水，只能用"疏导"
之法，因为海侵海退之后，平原成为一片沼泽，必须疏导河流，才能
排干沼泽，从事耕作。

大禹、防风氏治水的功业，在《尚书·禹页》等文献中多有记
载。他们开山导河，挖渠排水，广铺"息土"，填土造田，划分九州，
教民耕作，安定人民生息，从而开发与孕育出古老的农业文明。汉
代应劭在《风俗通义》中说："河者，播为九流。"也就是说，大禹、
防风氏治水"播为九流"叫"河"。实际上，从地质学上讲，洪水经
过大禹、防风氏的开发治理，才变成河流。这对我国水系的形成起
了至关重要的作用。此所谓"禹治水之功，莫大于河"。在大禹的
功绩中，自然也包含了防风氏治水的智慧与辛劳。他们并肩治水，造
福一方百姓。在平治洪水之后，大禹召集四方群臣，"大会计治国
之道"。这时，却发生了"禹诛防风"的大事。史称禹为"夏诸侯"，并
"巡狩会稽"，最后"死葬会稽"。这些说法见诸《墨子》、《史记》、
《吕氏春秋》、《淮南子》、《越绝书》和《吴越春秋》等多种古籍。
其中《吴越春秋》成书最晚，记叙最为完整。其卷四有云："禹三年
服毕，哀民，不得已即天子位。三载考功，五年政定，周行天下，还归
大越，登茅山以朝四方群臣，观示中州诸侯。防风后至，斩以示众，
示天下悉属禹也。"

　　"禹诛防风"的原因，据当代流传的"活态神话"可概括出三种不同的观点：一种是"迟到"说。大禹大会诸侯以显示其威严，防风氏后至，自然应受惩罚。一种是"误杀"说。防风因治理苕溪洪水，耽误了赴会的时间而被错杀。一种是"借故"说。因防风在诸侯中带头对大禹施政表示不满，故大禹以"后至"而杀之。这三种说法都有具体的民间故事版本。留守东南的防风氏对"越为禹后"亦即"越为夏后"之说不认同，也是两大民族矛盾激化所使然。"（禹）斩以示众，示天下悉属禹也"，杀了防风氏这一反对派诸侯，"越为禹后"的神话便可得以散布，其族也就成为"夏诸侯"了。当时，华夏族人占有优势，而越族人则处于劣势，夏诸侯崛起于史前的东南文化圈。折射到神话传说中，便有了《国语》所记的禹杀防风的故事。

　　防风氏在夏禹登位八年被禹斩杀，防风国子民的第一反应是对抗。晋张华《博物志》载："穿胸国，昔禹平天下，会诸侯会稽之野，防风氏后到，杀之……既周而还，至南海，经防风，防风之神二臣以涂山之戮，见禹便怒而射之。迅风雷雨，二龙升去。二臣恐，以刃自贯其心而死。禹哀之，乃拔其刃，疗以不死之草，是为穿胸民。"类似记载有《括地志》文云："禹平天下，会于会稽之野，又南经防风，二神弩射之。有迅雷，二神恐，以刃自贯其心。禹哀之，乃拔刃，疗以不死之草，皆生。是为贯胸之氏。"后来又有周致中的《异域志》曰："穿胸国在盛海东，胸有窍。尊者去衣，令卑者以竹木贯胸抬之。俗

穿胸国人

谓防风氏之民，因禹杀其君，乃刺其胸，故有是类。"据上载，守卫防风国的首领对大禹心怀不满，当大禹第三次南巡经过防风国时，便用强弩射禹，借以报仇。

（二）德清地区的防风传说

三合乡地处德清县中部，东临桐乡市，南连杭州市余杭区，北通湖州市，西枕天目灵峰。水陆交通便捷，河漾密布，水路与东苕溪、大运河贯通，杭宁高速南北穿境而过。地势西高东低，溪、湖、漾、荡交织，山水地理特征独特，乡域总面积62.4平方公里。

《德清县志》对防风古国的记载是：夏禹治水成功后，在会稽茅山开庆功会。防风氏因山区泛洪，帮百姓打捞财物而迟到。夏禹盛怒之下，将防风氏斩首。数月后，禹下乡察访民情，了解到防风氏迟到实情，深感内疚，便敕封防风为"灵德王"，令防风国建造防风祠，供奉防风神像，每年三月初三、八月廿五两祭，禹亲临祭祀，并载入夏典。在德清一带的防风口传神话版本中，赋予了当地百姓善良美好的愿望，防风氏不仅是一位神性治水英雄，而且还是著书立说的文化才俊，他急公好义，救民于水火，关心民瘼，教民稼穑。大禹错杀他，防风氏颈部白血冲天；大禹憬悟，为他平反昭雪，立祠祭祀。这里防风氏是正面的全智全德的英雄祖先。在传说中，防风氏还是一位智慧、勤劳的人物。《防风氏的由来》说，随着人口和资源的变化，防风氏认为只靠狩猎已养活不了自己的部落，就用兽骨、木头制成耕犁，教民辟除草莽，开垦田地，种植水稻；砍竹枝，采竹箬，编成笠帽遮太阳；把笠帽改成尖顶形，提升挡雨防风的功能。在传说中，防风氏不仅对本部落的事情呕心沥血，而且将种植水稻的经验传授给其他部落。

防风王的身坯

德清地区民间有一句俗话："身坯大得像个防风王。"那么防风王到底多大呢？

有一次，四大金刚来到二都下渚湖岸边，见到一位白胡须老艄公在摆渡船上打瞌睡，便问：

"老公公，我们想请你摆个渡，不知你的渡船是否吃得消？"

防风氏治水图

老艄公抬眼打量了四人，笑呵呵地说道：

"笑话，当年我给防风王摆过渡，你们四位加在一起恐怕还没有他一个人的分量重哩。"

四大金刚很不服气，一个接一个噔、噔、噔地跳进了渡船，可摆渡船依旧稳稳当当，老艄公一边摇橹，一边唱着山歌。你想想，这个防风王的身坯大得惊人吧。

防风王为民除恶蛟

远古的时候，天下洪水泛滥成灾，罪魁祸首是巨型恶蛟。话说长狄国有兄妹二人相依为命，有一天哥哥上山砍柴，不幸葬身蛟腹，妹妹发誓替兄长报仇雪恨。她一路追杀恶蛟来到防风国，恶蛟就藏身在一个阴森森的百丈深潭里。当地百姓用一种香喷喷的炒青豆将恶蛟引出了百丈潭，治水巨人防风王用大脚掌踩住蛟身，恶蛟竭力挣扎反抗，尾巴在潭底横扫，碎石乱飞。说时迟那时快，防风王突发神力，一下子用二齿钢叉捅瞎了恶蛟双目，第二下刺穿了恶蛟心脏，恶蛟血喷如注，引来附近黑压压一大片蝙蝠争相吸血，所以防风山上出没的全是红毛蝙蝠，个儿比普通蝙蝠大一倍。天下从此太平。后来那女子以身相许，嫁给了防风王，还为防风王生育了一男一女。

蛟，古代传说中兴风作浪引发洪水泛滥的妖精。山洪暴发，百姓就说"出蛟了"。

扁担山的由来

当年，防风王治水时经常肩挑两个巨大的箩筐，里头装满了泥土石块，风里来雨里去，不知道吃了多少苦头，可他连眉头都没皱一下。

一天，防风王挑了两座山一样的土疙瘩，快步如飞，当他行至下渚湖岸边时，天空突然下起雨。防风王只好停下来，没留神脚底一滑，一个趔趄，"咔嚓"一声，扁担断了，土疙瘩落进了下渚湖，变成了两座山，一座叫"湖上山"，另一座叫"道观山"。防风王生气地将手中的断扁担往下渚湖里一扔，顿时化作了细细长长的扁担山。那座又小又圆的湖上山跟扁担山紧紧地连在了一起。水映青山，鬼斧神工、浑然天成的大自然杰作令人惊叹。

六合古樟神树王

防风山南麓古时为崇仁乡辖地，早在明代，官府就在此设崇仁常平仓储粮积谷，以备饥荒之年开仓赈济百姓。当年，常平仓侧有一条清澈小溪，可通行船只。附近还有一棵大樟树，巨型树冠，浓荫蔽日，古韵犹存，生机勃勃。这棵六合古樟树被百姓誉为下渚湖"树王"，形态神奇，六杈粗壮的枝干拔地而起，前后左右分六路出击，酷似六弟兄紧紧抱成一团。六合神樟的民间传说很悲壮。话说四千多年前，防风国君汪芒氏意外死于一场政治风波，噩耗传回，举国上下方圆百里无不悲天恸地，其子民暗自神伤之余，派遣数名热血青年寻机行刺大禹王，未果。但他们视死如归的英雄气概感动了大禹，于是，大禹下令赦免死罪。他们回乡后，就日夜植树赎罪，深切缅怀防风王。其中有六弟兄的悲壮之举更令后人感慨，自刺杀行动失败后，他们便觉得无颜活在世上，割颈自刎，六人之血流淌凝聚在一起，不久就长出一棵树，神奇的是竟有六根枝干，仿佛莫逆之交。

防风王、防风爷

武康一带的老百姓把防风氏叫作"防风王"或"防风爷"。防风王是武康县的城隍老爷，他到绍兴会稽山开庆功宴的时候，因在临安抗洪救灾耽误了时辰，大禹王一怒之下就杀了他的头。后来，他的遗体从萧山、杭州一路运回来，到了武康县清穆村的地方，天色已晚，灵柩不能移动，就在那个地方搭了一个简易棚子停放了一夜，之后再运往二都。事后，棚子就拆掉了。

过了很多年，一个夜晚，老百姓看到在武康县城城墙上（今武康美都现代城西侧）坐着一个九丈高的巨人，双脚垂地。于是报告县老爷说："不得了了，东门城墙上坐着一个巨人。"县老爷问："在

防风山麓防风古寺（吴文贤摄1991年）

哪个位置啊?"老百姓说:"在防风爷停灵柩的地方。"县老爷马上召集了阴阳师、官员,讨论怎么会出现这个巨人。讨论结果断定是防风爷在显圣。于是,县太爷下令拨款修建防风庙,命道士住持,春秋祭祀,分别是三月三和八月廿五。到元朝时,清穆村防风庙由余英坊内的回真观(又称"百子堂")代管。

防风氏为汪姓之始祖

"防风氏"这个名称,听上去有点古怪。它不像神农氏、轩辕氏、陶唐氏、有虞氏、夏后氏等易于理解。我们从"寻根"的意识出发,对之进行考索并探寻其发展演变,找出其中族裔繁衍延续的脉络。为考索防风氏的源流,我们需借助于姓氏学知识。姓的古老,象征着一个国家的历史和文化。《说文解字》:"姓,人所生也","始,女之初也"。《尔雅·释诂》:"初,始也。"足见"姓"即初生、始生,也就是同一族源的始祖。"姓"最初大概是部族的名称,后来有些部族得到发展,人口繁衍,分化成不同的部落以至国家,这就出现了氏。氏本来是同姓各部落的名称,后来则专指部落的首领。一个姓可以分出许多氏,而同一氏的后人还可以繁衍出不同的氏。

关于防风氏的姓,《史记·孔子世家》称:防风氏本为釐姓,为夏朝时的诸侯国。到了商朝,防风氏国改为汪芒(一作"汪罔")氏国,为漆姓。查春秋时燕国、楚国有釐姓。从《史记》知,越国也有此姓。釐姓起源相当古老,是大宗的血统世系。查漆姓,其源有四:

一为孔子弟子漆雕开的后代，为复姓所改；二是古有漆水（在今陕西省彬县，即今水帘河），或以水名为姓；三是周代鲁国有漆沈，为鲁相，其后为漆氏；四是古族郯瞞的后代。考古族郯瞞，即春秋时长狄族的一支，后为齐国所灭。查汪芒，历史上的复姓，传说为防风氏所改，即夏朝防风氏属釐姓，商朝称"汪芒"。据《浙江通志·三》引万历《湖州府志》转引《吴康侯封山记》："封禺二山之间，古汪罔氏之封国，即防风也。去武康县东一十八里，为其封守之地，故曰封山。唐天宝六年更名防风山，又曰封公山。"经实地考察，封、禺二山的地理形势，恰似高山崖边的小阜，正是小群人聚居的好地方。《通鉴·外纪》云："姓者，统其祖考之所自出。氏者，别其子孙之所自分。"据此可知，防风氏是大宗分出小宗的族号，也是这个部落氏族的酋长。

关于商朝时的汪芒，刘城淮《防风与夏禹》一文以为："汪"，小水积聚之处，沼泽；"芒"，草名，可用以泛指草。"汪芒"意为长于沼泽之草。而水稻本属草，原生于沼泽，后移植至水田，故汪芒氏意为水稻种植者。但种植水稻还是后来之事。防风氏治水神话所反映的，当是先民们当时最为关心的平治四处泛滥的洪水，不是种植水稻。再说"汪芒"，一作"汪罔"，这个"罔"，却并不是指草。以"汪芒氏"为氏族的别称，防风国也就另号为"汪芒国"。又据《通志·氏族略》：汪芒国君的支庶子孙以国名命姓，为复姓汪芒氏，后省文去字为汪姓，可见防风氏族裔今为汪姓。在特殊而险恶的环境中，先民们与大自然作艰苦卓绝的斗争，这正是防风氏神话产生的深厚土壤。据胡尧著《中国姓氏寻根》(上海文化出版社1987年版)：防风氏"国人后来迁居湖州一带的山里，称为汪芒氏。战国时楚国灭越，汪芒氏也被攻破，后来逃到西南部的歙县一带，改称江氏"。

我们从以上的考索可知，防风氏为古釐姓、漆姓之裔，而为今汪姓之始祖。

[贰]中国其他地区的防风传说

防风氏的巨人独目之谜，让这个悲剧人物更具神秘色彩。在防风传说的研究中，有专家发现一个重要的细节：他是"连眉一目"的巨人。这牵涉世界上古历史和神话的研究，牵涉东西方在先秦时期是否存在文化交流等重大问题。

南朝梁任昉《述异记》说："防风庙，其神作龙首牛耳，连眉一目，足长三丈。南人姓防风氏，即其后，皆长大。越人祭之，奏防风乐，截竹三尺，吹之如犬嗥，三人披发而舞。"

这段短短的文字信息量很大，其中包含了多层意思：

（1）防风氏为越人所祭，其图腾乐舞中包含"管乐"，模拟犬嗥，犹如苗、瑶、畲族等祭盘古之音乐（"防"与"盘"古音接近，有人认为防风即巨人盘古）。

（2）防风"龙首牛耳"，有如盘古或槃瓠之兽化为龙犬，但这也

防风传说雕塑

可能是一种增饰和夸张。

（3）防风是长足巨人，"足长三丈"。

（4）其舞者要"披发"，跟百越之"披发"或"剪发"相吻合。

（5）防风"连眉一目"。

（6）为越人所祀，可见其已完全南方化，完全进入南方苗人集群百越集团神话系统。

有国内学者还认为防风氏是南方苗人集群的英雄首领。

按旧注，"会稽"今地有二说：一说即寿春之山；一说在今绍兴东南。"封禺"，《说文》："禺，封禺之山，在吴楚之间。"其地在今之江西。

（1）禹会防风氏于会稽，而防风氏守封禺之山，则防风必系当时一苗蛮之君长。

孔子谓防风为汪芒之君，"汪芒"之音与"苗"相近，按今安顺弥勒之花苗自称曰"芒"，武定花苗自称曰"蒙"，贵州黑苗自称曰"茅"或"德茅"，发音与汪芒之音相近。

（2）《尚书》中载有苗与禹之交涉最多，《鲁语》载禹戮防风事与《尚书》禹征有苗事不无关联。

从族名来看，防风氏应属风姓的太皞氏族，而"以防风氏为首的古夷人，最初大概活动于江淮流域……到了夏朝，他们中有些可能被迫向东南迁过，以后又转移回来"。但这只有"防风"之"风"字与鸟图腾的风夷相同，怎样都比不过说"长狄"更明确、有力。

按照古老而可靠的文献，防风氏原属于北方狄人集群的巨人族，而防风氏也长有"独目"，跟鬼国"一目"一致。屈原《天问》："何所不死？长人何守？"注家或以"防风氏"解说此"长人"。

《说文解字》卷六邑部："郻，北方长翟国也。在夏为防风氏，在殷为汪芒氏。从邑，叟声。"《国语·鲁语（下）》中说："昔禹致群神于会稽之山，防风氏后至，禹杀而戮之，其骨节专车。客问其何守。孔子曰：'汪芒氏之君也，守封、禺之山者也，为漆姓。在虞、夏、商为汪芒氏，于周为长狄，今为大人。'"防风属于北狄，是比较可信的。这是原生性较强的传说，他的"南方化"则是后来的事。

防风参与治水、参与建立先夏大部落联盟，却被企图树威立国的联盟长大禹所杀，是个悲剧式英雄。神话学通例，死于何处，即在其地为守护神、地方神（如舜南征死于苍梧便成为九嶷山大神），所以吴越人民一直纪念这位惨死在会稽的北方狄人集群的英雄酋长，其守也变作"封、禺之山"。

在中国神话史背景里考察"一目"防风——巨人族神话，学者徐亮之先生曾把共工氏、女娲氏、华胥氏、盘古氏等都列为传说巨人，研究认为其原型是骨骼粗壮或畸形发育的猿人，结论是"中国的巨人乃起源于西北者。这所谓'西北'，也就是中国民族起源圣地的昆仑之丘、昆仑之墟，亦即塔里木盆地"。而以昆仑为中华民族发祥地和巨人传说的集中地，此区域正是欧亚交通的过渡带。"中国史前的巨人行踪，乃自西往东，由北而南者，乃发轫于西北而式微于东南者，乃与中国民族发展之路线相一致者"。把巨人神话传播路线讲得很清楚，很明确。防风氏故事也最可能"自西往东，由北面而南"的。

"一目"往往与"日、月天神之目"相关联，因为"太阳"常被看作宇宙或天的眼睛，眼睛是光明的象征。世界性的巨人(包括盘古)"身化宇宙"的神话说，巨人死后，身体各个部分化为天地万物，眼睛总是变成日、月。有人认为盘古与防风本是同一神，防风氏死后

"身横九亩"，有如盘古氏死后横尸大地，只不过略有缩小，逐渐现实化罢了。防风氏的"一目"是生命的源泉，自然也是灵魂与光明的象征。他们身强如铁，"瓦石不能害"，简直是不死的"长人"；然而"射其目"则尸陈九亩，可见眼睛便是他光辉的生命，也是他的威力与地位的象征。

《山海经》也有"独目人"，《海内北经》述"为物人面而一目"的"鬼国"。李鼎祚《周易集解》引干宝曰："鬼方，北方国也。"《诗·大雅·荡》也有"鬼方"。《逸周书·王会篇》有"鬼亲"。而且，他们身材魁梧，体力强壮，彪悍勇猛，有人认为是所谓巨人族的一支。长狄（翟）或防风氏故事是否鬼戎神话的支脉，目前还不清楚。至少它在上古时代跟防风氏或长狄同样属我国北方狄人集群。北方狄人集群的鬼方集团被说成"一目"也有本土原因。在中原和南方的民族看来，来自凛冽严酷的北方的民族是很可怕的，披发与椎髻不同，多毛与少毛相异，族人又有劆割面部的习惯，出于种族偏见，就称其为

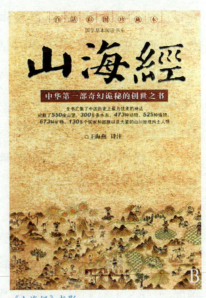

《山海经》书影

"魅"或"鬼",当成恶类或异类,认为其有"威"或可"畏"(鬼、畏、威皆音近互作),甚至认为他们会吃人。防风氏的南方传人"披发而舞",同样"披发","连眉"而"独目"的防风氏却因其是悲剧英雄而没有被丑化,也没有被视为鬼魅。人们同情他无辜被杀,赞扬其英勇反抗。特别是奉祀他的百越人民更待之如神,不因其为"长狄"而歧视他。这大概是中国文化富于同情心和包容性的一种证明。

防风氏"连眉一目",与独目巨人族渊源深厚。防风氏的"一目"是他的"生命点",他浑身瓦石不能伤,但"一目"被射便尸横大地,这"一目"还可能是光明天体的意象,从而使"防风"与身化宇宙、目化日月的盘古更加相似。古希腊神话里也有独目巨人族,他们也曾因为被刺中一目而死亡,与防风神话有趋同性。希腊"独目巨人"神话曾通过中亚或大西域传入中国,普米族、哈萨克族等有极相似的神话,而《山海经》里一目的鬼国人正与欧亚大陆独目的吃人巨妖相叠合。防风氏与鬼国俱属西北方狄人集群,且皆一目,防风氏神话后来南下为百越所接纳,不排除防风独目被射故事与欧亚同类故事有隐秘而遥远的某种内在的联系。

[叁]日本的防风传说

早在1994年,日本学者铃木健之在上海市民俗学会理事王水先生陪同下,专程来到浙江省德清县二都乡,考察防风庙及民间庙会的情况,并撰写了《迟到的英雄防风氏》一文,向日本读者介绍了近年来中国发掘的防风神话和防风氏学术研究的情况。原作发表于日本期刊《中国民间故事研究会通讯》，湖州《水乡文学》杂志译成中文转载，此文还收录于中国防风神话第二届学术研讨会专刊。

铃木健之的研究报告，从防风神谈到上海浦东地区的地名长人乡，继而论述了日本鹿儿岛地区的民俗，最后，大胆地提出了一个全新的研究课题："长大的鹿岛神信仰和祭祀，是不是防风神崇信的变形呢？有待于进一步研究探寻。"

以下是其文章摘录：

即使是南朝梁任昉《述异记》中的防风神形象我们今天似乎也见不到了，特别是它的核心基因——长而大的人偶特征"足长三丈"，又到哪里去了呢？从史籍考察有着防风氏传说中长大体形特征的族群的居住地。《越绝书》卷二云："娄东十里坑者，古名长人坑，从海上来，去县十里。"即今天的上海浦东地区。

《浦东老地名》（作者朱鸿伯）中说："长人乡，是一个古老的行政区域地名，历史久远。早在唐天宝十年（751年）建立华亭县时，长人乡已是华亭县所属二十二乡（后为十三乡）之一，以后历经宋、元、明、清一千一百多年，长人乡一直存在。南宋初就在长人乡设下砂盐场；元至元二十九年（1292年）分建上海县时，长人乡是划入的五乡之一；至清雍正四年（1726年），上海县划出长人乡的大半土地建立了南

日本鹿儿岛夏祭民俗

汇县;嘉庆十五年(1810年),又将南汇县长人乡的一小部分划建川沙抚民厅。直至民国时期,川沙县还沿用着这个来自远古的乡名"。"在原川沙县所属的长人乡东境,建有一座长人乡庙,是当地居民共同祭奉天地神灵和历史上一些社会贤达的场所"。显然已有名无实了。

然而,在今天的长人乡故地,隔海翘首东望,古倭国西南,今日本的鹿儿岛的稻作乡间,我们却能见到一种长大的人偶神像"鹿岛样(鹿岛神)"(かしまさま)在日本博物馆中完整地保存着。

(1)国立历史民俗博物馆(千叶县佐仓市)第四展室"民俗"中展示的巨大稻草人,叫"鹿岛样(鹿岛神)",是在秋田县汤泽市岩崎地区鹿岛祭礼中使用的用稻草制作的巨大偶人。第四展室主要是有关祭祀(祭り)的展示,最为引人注目的就是这巨大的稻草人——岩崎的鹿岛样(鹿岛神)。

(2)汤泽市的鹿岛样(鹿岛神)。在秋田县汤泽市岩崎地区的三个町内,祭祀着四尊稻草偶人,高约4米,已传承有数百年。古来的鹿岛神被认为拥有使邪恶、恶灵、疾病等散退的神通,受人信仰,被放置于村口。现在在春秋两次举行更衣(衣替え),也就是鹿岛祭祀(鹿岛まつり),以祭祀祈愿家庭平安、作物丰收。这样的鹿岛神作为带来具有两千年历史的日本稻作农业文化的一种艺术,作为民俗资料的一种,受到很高的评价,并于1986年受邀参加美国史密森协会主办的民俗节,又被收藏于千叶县佐仓市的国立历史民俗博物馆。

可称为全国鹿岛神象征的岩崎的鹿岛神，被收藏于国立历史民俗博物馆。在1986年(昭和61年)，参加了在美国华盛顿举办的节庆活动，承担了介绍日本稻作生活文化的任务。

岩崎的鹿岛神(末广町制作)现陈列于国立历史民俗博物馆中，通常对鹿岛神更衣后，以酒供奉进行参拜，之后举行简单的酒宴作为庆祝，这就称为"鹿岛祭祀(鹿岛まつり)"了。在荣町，考虑到要保护鹿岛神，在鹿岛神周围加盖了屋顶，两年一次举行祭祀；在末广町，根据惯例，在4月和9月共举行两次；在绿町是春季一次。作为材料的稻草，大都按照旧习由每家自带一把，但最近因为农作物品种的变化，稻草已很难拿出来，现在很多人为了购买稻草而颇费心思。各家出一人参加制作，从早上八点左右开始，到中午就可完成。

另外，福田亚细男教授等编的《日本民俗大辞典·上》(1999年，吉川弘文馆，P.345-P.346，"鹿岛人形"条)载："在送鹿岛(鹿岛送り)的行事中登场，有时安放于村境，有时放流于河、海的稻草偶人有两种：用于送鹿岛(鹿岛送り)或放流鹿岛(鹿岛流し)的稻草

日本鹿儿岛夏祭民俗

人；在有关鹿岛神祭祀中登场的稻草人。送鹿岛或放流鹿岛是把疫病和灾害从聚（村）落中驱赶出去；而鹿岛样(鹿岛神)是站立于村口，阻挡邪恶之灵的聚（村）落守护者。鹿岛神的由来不太清楚，但有很多解释，形成定论的是：这是道祖神的偶人。道祖神是在道路岔口、村口、町口等处守护的神，为了不让外人及不祥、不洁之物进入其内。"

前述："倭国人尝行，遭风吹度大海外，见一国人皆长丈余，形状似胡，盖是长翟别种。"如此，日本人是否看样学样去了？

日本的稻作生产技艺和文化公认是从中国传过去的，依附于其间的信仰如鸟日崇信等也是如此，并因自然和社会生态环境的不同而发生变异。那么，长大的鹿岛神信仰和祭祀是不是防风神崇信的变形呢？有待于进一步研究探究。

三、防风传说与民间信俗

防风祭典与防风传说的保护与传承联系密切，相互依存。防风传说在祭祀防风等民俗活动中得以传播，祭祀民俗依存防风传说得到更多人的支持。

三、防风传说与民间信俗

[壹]防风传说与民间信仰

　　中国远古神话人物夸父离开山岳去逐日，结果道渴而死。而防风氏世守封、禺二山，子孙繁盛。巨人神话皆寓有山神的影子，这也是巨人神话版本中的隐性特色。防风神话与其他巨人神话相比较，其山神本性更为突出。《国语·鲁语（下）》直言之为"守封禺之山者也"。而德清县乡村百姓民间传说把防风庙也直呼为"山神庙"。

德清县三合乡二都村秋祭防风神

　　若把防风氏的神格定为山神,再谈论其有关治水以及被大禹诛杀的传说并不矛盾。先弄明白山岳的性能与山神的职能。人离开水就不能存活,而古代只有河流和池塘的自然水。河流与池塘经常泛滥,使人生畏。为避祸,人们居住多背山靠水,借山势躲避水害,同时又依靠山岳挡住寒冷风暴,获得太阳的温暖,渐渐形成了最早的风水观念,即"藏风得水"。水或从河里汲取,或从池塘引得,来源常常离不开山脉。河水源于山中,山洪暴发使河川水位陡涨也时常发生;即便是雨水,人们也认为与山脉有关,《荀子·劝学》有"积土成山,风雨兴焉"的名句,浙江省请龙王求雨的习俗中,也多到山中水源去请。山神的实际职能已包含"挡风"、"治水"两大性能,

防风庙会祭典仪式

而防风氏传说几乎是明白地讲出这双重职能。"封"即"风",山呈
弓形,能挡西北风。"禺"即"雨",能控制雨水,山神挡风、治水二
者兼顾。当农业经济兴起之后,山脚山坡又成为可耕地,山岳的职
能变为三重,即挡风、治水、提供可耕地。作为山神的防风,自然兼
三重职能,因而防风氏的形象为"龙首牛耳,连眉一目"。牛耳,代
表耕牛,是其提供耕地的标记;连眉,恰是挡风的形象化,古代人
眉骨比现代人突出,很像一座挡风的山脉;一目,象征太阳光明;
而龙则直接体现出其治水功能,《山海经》中关于龙与山岳相联系
的记载比比皆是。在防风传说中,治水、开山洞、导河渠,造福百姓
的一方庇护神防风氏神通广大,无所不能,受人顶礼膜拜是理所应

四乡民众赶防风庙会,在防风祠看戏

当的。

防风氏乃封、禺二山之神，自然成为防风国的最高神灵，当地人崇拜防风，并奉其为图腾祖先是完全说得通的。当历史进入文明阶段之后，如同中原对黄帝的塑造一样，防风氏自然成为当地一切文明的创造者和君长。防风国的人们为其被诛杀而鸣不平，公开在故事中说"禹错杀防风"，"禹借故杀了防风"。当地乡村民俗中祭祀防风而不祭大禹，还有所谓"拜大禹要肚痛"的民间俗语。肚者，心之所在。心乃良心、良知之谓也。俗语意在于告诫子孙：自己的祖先防风是被大禹杀了，祭祀仇家是忘本、坏良心的事，要遭报应。从而深切体现出神话久远的影响力。

关于"禹诛防风"的神话，许多学者做了社会学性的阐释，这无疑是正确的。禹的时代，是我国进入文明的门槛。治水敷土的过程，也是开疆掠土的扩张过程。

大禹来自北方，古籍中有大禹出西羌，凿龙门、治江河淮济等多种记录，是代表中央强大部族的神灵，当他治水来到封、禺二山之时，却"脚都走坏了，还不晓得从哪里治起。只好去请防风帮忙"。传说中的大禹在防风辖地治水过程中无能为力，到大禹独揽大权及防风的抵制，形象地描画了人类进程中各地方部落对于外来部落的抗争。从神话的衍变来看，"禹诛防风"的神话明显属于后起的衍生神话，已经与传说难解难分了。

[贰]防风传说与风俗

（一）德清地区的相关风俗

唐宋时期，距二都西十余里的上柏报恩寺，以及周边许多寺庙，均受防风古国茶文化的影响而崇尚茶道。相传历代名人如"茶圣"陆羽、大文豪苏轼、词人姜白石等都曾到过防风古国，考察乡风民俗。姜白石还寓居禹山升元观及山谷多年，留下了不少诗词佳作。乡民以每日三饭六茶为俗，此茶即防风神茶，老百姓为了纪念防风氏这位治水英雄，用橘皮、野芝麻、烘青豆泡一盅防风神茶，这一风俗在杭嘉湖一带至少已流传了四千多年。

明代地理学家王士性在《广志绎》中对浙江人及文化作了三种划分：杭、嘉、湖平原水乡为泽国之民，金、衢、严、处山区为山谷之民，浙东宁、绍、台、温等沿海地区为海滨之民，进而论述三类人的文化存在很大的差异。千百年来，江南吴地的民间信仰和民间传说深深地烙下了防风氏的印记。

旧时，德清一带民间每逢农历七月十五盂兰盆会时，入夜，一群道士吹起一种三尺长的号筒，发出"呜嘟嘟"的凄厉之声，道士披头散发，嘴里念念有词，边念边舞，来朝拜阴间冤魂。传说这是古代民间祭祀防风乐舞演绎为宗教化的遗俗。道士跳的是防风古舞，吹的是防风古乐。这种三尺长的发出"呜嘟嘟"乐声的号筒，是民间少见的乐器，在杭、嘉、湖一带被称为"无常号筒"。用竹木号筒来祭祀防风,也含有以神性之物发出神性之声来祭神、娱人的意义。这正如民间通神的工具如烛香、楮(纸钱)都是来源于树木一样,烛是乌桕树果所制,香是树皮所制,纸钱是竹丝、树皮纤维所制,具有神性,也是神所喜爱的。

防风舞

防风传说还融进了当地俗神四殿相公、戴老爷等相关传说。"岁八月廿五致祭",历代传承,渐成防风庙会。会期三天,二十四入庙,二十五为正祭日,届时,邑内民众谨具香花牲礼奉祀防风王,祈求风调雨顺,国泰民安。每逢农历八月二十五这一天,乡人络绎不绝,自发来到防风庙点蜡烛、上清香、摆供果,祭拜防风王,纪念他们心目中的防风神,此俗一直延续至今。

民国时,防风庙会祭祀出会名目很多,有扮小鬼、妖

防风庙会民俗活动

怪与黑、白无常等。防风祭祀设有六房社，由袍社、轿社、掌扇社、拜香社与顺风社、呼告社等组织具体操办，袍社为大，掌管防风神旁四殿相公穿戴；轿社负责四殿相公坐轿抬出祠堂上街巡游；掌扇社负责执掌四殿相公的柄扇；顺风社和呼告社有时相互兼任，与扮演鬼怪有关。呼告社大多扮饰小鬼，一手持钢叉，一手持灯笼，在八月二十二夜晚穿村过街，通知民众防风祭祀即将开始，一切鬼魅逃之夭夭，不得干扰。呼告社要处理代表告的鸡。据说，告是很凶恶的魔鬼，嘴尖如雷公状，其手似鸡爪。洒鸡血于土地，八月二十二埋鸡于地下，二十四晚再把鸡挖出来，不能用手碰，用工具把鸡头挖出来，鸡肉家食之。村人将此举视为消灾祛魔。顺风社扮演判官、小鬼，为菩萨出行开道。开道时村民都要让路，并沿途供奉食物给小鬼们，小鬼可以随意取食。此俗认为小孩吃了小鬼吃过的食物，有消灾祛病之效。

（二）其他地区的相关习俗

晚清至民国时期，湖州孝丰（今安吉县）广苕地区（孝丰、大邑、池口溪、下汤、老石坎、深溪一带）在每年上半年农历五月二十八、下半年九月二十八这两个城隍菩萨生日要调长人会，这是当地名声很大的庙会。

调长人会的习俗由来已久，从老祖先手里传下来的，是为纪念

民俗活动一景

防风国国王防风氏。古代安吉地属防风古国。大禹时期，防风王治水治得很好，他对百姓非常关照，老百姓安居乐业，十分拥戴他。有一年，大禹在会稽山召集天下诸侯议事，防风王就带四殿相公等人马去开会。刚出发，据报防风国孝丰地界"出蛟"，连龙王山也淹到了半山腰。防风王心急如焚，三脚两步赶到孝丰地界，指挥抗洪抢险，安顿百姓。忽报深溪山坳里石块累积，泥沙堵塞，防风王不顾疲劳，来不及与身边的人打招呼，几大步赶过来，一看巨石磊磊，洪水难泄，再看自己赤手空拳，就随手拔起几根络麻梗，用络麻皮结扎成一把长柄耖耙。防风王是有法力的，他把耖耙挥了一下，耖耙立马变成金光闪闪的青铜神耖。只见他用神耖往石堆耖去，顿时飞沙走石，石浪滚滚，石浪排队似的靠边让路，泥沙洪水一起下泄至太湖，孝丰得救了，百姓得救了！当地至今还留有大石浪古迹。

防风王在龙王山治水的同时，大禹王在绍兴会稽山开治水群神庆功会，待将龙王山洪水治退，防风王急匆匆赶到会稽山，却落了个"迟到"的罪名，大禹把他错杀了，顿时白血冲天，乌云盖地，大家知道他是冤枉的。消息报传到防风国，老百姓呼天抢地、捶胸顿足、喊冤叫屈、哭声遍野……

防风王身大人高，为了纪念防风王，铭记防风王功绩，孝丰地界百姓每年要出两回长人会。那个穿黄龙袍、戴黄龙帽的长人菩萨就是防风王的化身。四千多年过去了，孝丰的老百姓也没有忘记防风

舞龙

王，而龙王山深溪里的大石浪越来越有名，防风王的传说也世世代
代传了下来。

　　调长人会之日，人们先从孝丰城隍庙（今孝丰镇中心小学所在
地）恭请城隍菩萨出殿，此时鞭炮齐鸣，锣鼓喧天，待菩萨出殿后，
信徒呐喊助威，再次出发前行。伴着鼓点，调完孝丰东、南、西、北
门之后，出南门从大邑、池口溪向下汤方向调至深溪龙王庙大石浪。
长人菩萨在前旋转，和着鼓点声，白老爷、黑老爷、三官菩萨扮演者
动作自如。巡游队伍中间有三官菩萨，福、禄、寿仙菩萨高跷队和舞
钢叉队，后有四人抬着城隍菩萨，四人抬着城隍菩萨娘娘，最后有
殿军蜂拥向前。队伍浩浩荡荡，气氛热闹欢快。

（三）防风祭祀与防风庙会

防风庙会

德清等地祭祀防风的习俗由来已久。三合乡二都村封山（防风山）南麓建有防风祠，大殿中供奉一尊高大的防风氏坐姿像，传说防风王为治水风里来雨里去奔波了一生，死于非命，需要"休息"，就塑成坐像。当地春、秋两祭，以秋祭为盛。届时均有庙会，演社戏，四乡男女老少云集，一连三天，热闹异常。德清县广大百姓将防风氏作为开天辟地的祖神和治水英雄来祭祀，直到新中国成立之初，当地的庙会仍在举行。

有专家认为距今七千年前的河姆渡文化遗存中的多孔骨哨与吹孔陶埙应是古越这块文化沃土上乐舞文化的最早实证，而迄今为止，关于古越舞蹈，最早的文字记载当数"祭防风氏舞"。祭祀活动具体已不可考，但我们仍可以通过相关文献记载了解到。南朝梁任昉《述异记》记载："越俗，祭祀防风神，奏防风古乐，截竹长三尺，吹之如嗥，三人披发而舞。"这短短的几句话是目前祭祀防风的乐器、舞蹈方面唯一的记载。

明洪武四年（1371年），防风祭典正式载入朝廷祀典，每年由国库专拨祭祀银两，用现代的话来说，每年列入国家财政预算。

据德清地方志记载，农历八月二十五，封山里人为防风会，略如春社，妇女有入庙烧香者，村率一二十人为一社。屠牲、醑酒、焚香、张乐，以祀土谷之神。有人认为农历八月二十五这天是防风王的生日，有人认为那天是大禹后悔诛杀防风的日子。

明清时期，武康的防风祭祀与舞阳侯会共存，民众在农历八月参加完防风会，接着就赶舞阳侯会。防风祭祀中，民众以一种生活实际感将防风祭祀归入舞阳侯会的区域祭祀文化圈中，并以略如春社的形式来操办。同时，民众口传地域性防风神话，希望祷祝防风神来保佑自己庄稼丰收、生活平安。防风祭祀就这样在地方化演绎过程中延续了下来。

防风庙会是百姓的节日

　　民国时期，每年防风祭祀日，乡绅头戴顶帽，身着清式服装，脚
穿靴子，衣冠端正，手持三支清香，到圣堂等候武康知县，知县来
后，由乡绅陪同到防风祭祀大殿，防风王神台上摆放猪、羊、鸡、鱼
以及干果、水果、糕点等供品。祭祀防风仪式正式开始，乐队吹吹打
打，锣鼓喧天，先是知县三跪九叩，祭祀完毕离场。再由百姓祭祀，
此刻燃放鞭炮、热闹非凡。然后抬菩萨出殿，前面举有"肃静"与
"回避"的牌子，由两面铜锣开道，有拜香会队伍表演，还有无数面
旗子殿后护送巡游村庄。当巡游队伍进入村子时，村民都来参拜菩
萨，同时鸣炮。午后时分，防风祠戏台上开始演戏，四面八方的民众

防风庙会看大戏

都来看戏逛庙会，人数多时达万余人。大戏最起码演三天三夜，有时演五天五夜。防风祭祀除了表达对神灵的敬畏心之外，还展现傩祭驱鬼诛邪的内容。祭祀仪式热闹而庄重，传达民众的良好愿望。这是民众娱神娱人的节日。

1965年农历八月二十五，二都举行了"文化大革命"前最后一次防风祭祀活动。据说，德清县越剧团在二都演三天大戏，各地商贩云集，物资供销部门组织人员设摊，游人摩肩接踵。

"文化大革命"期间，祭祀活动中断，防风文化遗存遭到毁坏，防风神像及四殿相公像被毁，戏台被拆除，庭院内两株千年大黄檀

2013年防风文化节开幕式

树被砍掉。1968年，防风祠大殿被拆毁，祖师坛被拆除，防风山防风文化古迹被摧毁殆尽。

20世纪80年代，防风神话故事发掘及第二届防风神话研讨会召开，从学者层面、政府层面积极推动防风历史文化研究，防风祠得以重建。1996年，适逢农历八月二十五，来自德清武康、城关、秋山、雷甸，余杭塘栖和湖州郊区的一千六百多名群众参加了防风氏纪念活动。自此，中断了四十八年的秋祭防风仪式重启。改革开放以后，当地政府与民间形成合力，重修防风祠大殿，修建古碑亭，重塑防风神像及四弟（殿）相公，申报列入浙江省非物质文化遗产名录，并积极申报列入国家级非物质文化遗产名录。

2008年，三合乡举办了一场大规模的祭祀仪式。防风祠管理委员会作了分工与准备，安排、组织了社戏表演，还邀请邻村两支舞龙队参加防风祭祀仪式。防风庙会与为期三天的防风文化旅游节同期举行，有秋祭防风、划龙舟、舞龙、书画展览、戏曲表演等内容，乡土文化气息浓郁。

2011年，防风祭典在农历八月二十五前后三天（10月9、10、11日）举行。除了传统的秋祭防风仪式、龙狮庆典、女子健身舞、中老年腰鼓、戏曲表演等基本项目外，新编越剧道德大戏《德清嫂》亮相防风祠戏台，受到乡民的欢迎。集镇街头商贩货摊云集，参与群众多达三千余人。

防风祭典与防风传说的保护与传承联系密切，相互依存。防风传说在祭祀防风等民俗活动中得以传播，祭祀民俗依存防风传说得到更多人的支持。2011年5月，防风祭典成功列入浙江省非物质文化遗产名录，防风传说成功列入第三批国家级非物质文化遗产名录。2011年秋天，德清县人民政府联合中国先秦史学会共同举办中国德清第三届防风文化学术研讨会，进一步弘扬和传承防风文化，开启了防风文化传承保护和开发利用的新篇章。

四、丰富多彩的防风文化

早在二十世纪八十年代中后期，湖州市民间文学普查活动中，陆续发现了一批有关防风氏的传说，尤其是在防风故土德清县三合乡，防风传说内容之广泛，想象之丰富，远远超出典籍记载，且更具地域特色及演绎性。

四、丰富多彩的防风文化

[壹]防风传说故事

　　早在20世纪80年代中后期，湖州市民间文学普查活动中，陆续发现了一批有关防风氏的传说，尤其是在防风故土德清县三合乡，防风传说内容之广泛、想象之丰富，远远超出典籍记载，且更具地域特色及演绎性。仅在防风故土已采录的就有《尧封防风国》、《大

防风文化宣传展板

禹找防风》、《防风立国》、《防风著书》、《防风之死》、《防风塔》、《防风井》、《防风为何封王》、《防风三难大禹》、《漆狄向禺疆讨山》、《三鱼精争封地》、《三王选地盘》、《雌雄井》、《防风王的架坏》、《篾匠将军》、《石龟传奇》、《玄龟赴宴》、《四弟相公护险塘》等。上述口承神话传说不仅涉及已见诸典籍的神话人物和神性物，如防风、尧、舜、禹、鲧、共工、华胥女、伏羲、禺疆、玄龟、应龙、夔、不周风、八卦图等，还涉及许多未见诸典籍的神话人物和神性物，如漆狄、萧伍、四弟（殿）相公、樊兴王、李王、戴老爷、土鲈精、鳑鲏精、青泥、防风井、枫杨等，原生态特征十分明显。这有可能是百越民族自己创造的神话，或是对防风氏族首领、酋长的神话化。同时，上述口承神话传说也使防风氏的形象更趋完整。

这一系列生动的防风传说与故事，向世人揭示防风氏是吴越地区亦神亦人的治水英雄，还具有百越民族创世神的神格，也是安邦立国、护佑生民、福泽吴越的祖先神；他忠于职守、心直口快、疾恶如仇、仗义谏诤，帮助大禹剪除奸佞，还是帮助大禹制定法律的法治元勋、文化英雄；他助人为乐、患难时是可信赖的益友，被错杀后，大禹亲自致祭为之平反昭雪，足见人们对其是极其崇拜与爱戴的，他是人民心中的英雄。

（一）王鲧与防风

1986年11月《民间文学》载《浙东神话·王鲧与防风》云：王鲧与

防风是好友。防风身巨，立如山高，卧如河长；王鲧身微，长三寸，重六两，二人立一处，大小不侔，令人发噱。忽天发洪水，海满洋溢。王鲧谓防风曰："吾侪当往治水。"乃向地皇请任其事，地皇允之。

闻天帝有色土，遇水即长，可治洪水，思往天宫窃其土。防风身巨，立山上手可扪天，乃托王鲧于掌，送至天宫。王鲧细小，任游天宫，无人注意。色土藏天帝座下，王鲧潜入天帝座，窃之而出。防风以手托之，遍历大江大山，遇漫溢处，王鲧即投以色土。江河上游水被阻，下游平川，自然而然免遭水患。

众感王鲧德，方议拥戴为王，天帝知其事，怒收色土尽去，洪水涌来愈猛，平川悉成泽国。地皇怒，逮王鲧与防风，将欲诛之。防风身巨难诛，王鲧则身如蝼蚁，轻便戮灭。死前王鲧对天曰："我身小被戮，望我子长略高，大如防风胜三分。"其子果巨逾防风，即大禹王是也。

夏禹杀戮防风氏

（二）大禹杀防风

1986年11月《民间文学》载《浙东神话·大禹杀防风》略云：防风与大禹治水遇殃，王鲧身小遭戮。王鲧生子似鱼，因名曰鱼。鱼生极速，一日三变，愈变愈似人而身巨，胜似防风，因更名曰大禹。大禹问母："父何在？"母云治水被杀。大禹问何故，母云可询防风。大禹从防风处知其事，亦欲往治水，继父业。乃向地皇求得治水任务。防风愿助以力，云我尚有色土少许，藏指甲缝中，可以之作堤。大禹云色土无用，当开沟挖渠，引水入海。防风不服，愤而去南方大台山，造成大小二盆，置于山腰接水，枕山而卧，一睡七年。

此七年中，大禹挖沟开渠，东奔西忙，终将洪水治平。乃率部众会于茅山，以庆功成。会上呼名，群英皆至，唯不见防风。终于天台山觅得之。防风方酣眠，略一摇之，转侧其身，蹬翻大小盆中水，汹涌流向四面八方。山南、山东、山西犹可，山顺地势流归大海。唯苦山北，遽发洪灾，今东阳一带悉被淹没。大禹见而震怒，谓防风不治水而反发洪水害民，乃取青锋剑斫断防风头，蹴其头出天台山。头跃坠东阳南乡狮子山麓，化为巨岩石，有鼻有眼，迄今尚在，人称"防风岩"。防风蹬翻之二盆，亦在东阳，即今天之大盘山与小盘山也。

2011年，德清地区田野调查新采集的防风传说故事实录，内容涉及防风王灵佑，以及防风祠、庙会等。

（1）那时候我还小，听人家讲，防风王死后，一部独灵车回来经过我们这儿，后来给他造了庙。武康有个防风王，二都有个防风王，宁波有个防风王，日本有个防风王，都是土地王，一级级排下来的。我们这儿的防风王小，宁波、日本那个防风王大，日本那个防风王穿龙袍戴"皇帝万岁帽子"。

讲述者：林杏娥（1932—　），女，武康人

讲述时间：2011年12月4日

讲述地点：武康镇回南小区

（2）听老太太们说防风爷姓漆，有七个兄弟。一种说法讲三合乡二都村的防风王为老大，古清穆村的防风王为兄弟。另一种说法是二都村的是父亲，古清穆村的是儿子。防风爷是土地菩萨，这个故事是十几年前听说的。

讲述者：宣文辉，男，武康镇筏头人

讲述时间：2011年10月11日

讲述地点：武康镇烟霞观内

（3）防风王菩萨官很小的，每次开请时，各路神仙报到，防风王只有几分钟时间。听人家讲，他曾经降笔给这里的老百姓开药方治病，后来这个人吃了他开的药方病就好了。

讲述者：宣文辉

（4）以前有一年要做戏，但是发大水，田畈都淹掉了，老百姓想，今年做戏么肯定不做了。一天，一个戏班子到我们这里来，在村中的茶馆里喝茶，问村民："你们这里的施先生在哪里呀？"老百姓问："你们问施先生做啥？"戏班子的人说："是你们施先生来找我们的，跟我们定好了，要我们做三本戏。"老百姓当时没有反应过

来，想这里没有一个施先生的呀。后来一想，原来就是防风王边上的四殿相公之一秉仪王。后来戏班子做戏一分钱都没要，他们说："我们是做给菩萨看的。"

讲述者：车瑞丰（1931—　　），男，二都村人，

退休教师，现为防风祠管委会成员。

其祖父是秀才，其故事来源于祖母。

讲述时间：2011年9月22日

讲述地点：三合乡二都村防风祠内

（5）1947年，二都村鱼船堎自然村一村民划船出门，一条白鱼跳到船里，当地村民认为这是不吉利的征兆，于是这个村民就到防风祠去烧香消灾，结果把防风祠烧着了。听说火是从庙顶上烧起来的，所以没法救。

讲述者：沈永法

（6）原来防风祠门外有一个马夫、一个车夫。马夫的样子很奇特。有一次马晓得日本佬要来了，想要逃进祠内，就咬这扇大门，结果门被咬得一塌糊涂。

讲述者：车瑞丰

（7）这个咬过的痕迹还有一种讲法：过去防风祠的门槛很高，每次庙会四殿相公要出会，回来时菩萨要"冲殿"，结果门关得快了，马被关在外面了，那个晚上马就把门咬得一塌糊涂，比我年纪大

一点的人都看见过这个印子。

讲述者：沈永法

（8）"冲殿"，我小时候看见过。出殿回来，要冲得快，一般力气大一点的小伙子冲，菩萨的帽子专门有人管，冲的时候把菩萨的帽子摘下来。

讲述者：车瑞丰

（9）按照过去的说法，原来二都村是九龙之地，防风祠东面有九龙亭。现在根据这个说法在防风祠前造了九条龙，其中有两只

防风庙会上祈祷田蚕茂盛灾难永绝

龙眼（两个水池），八个柱脚八条龙，防风祠门外的踏步上还有一条龙。现在乌龟搬迁之后头朝向里，一来表示安耽，二来它到龙眼的水里去就活了，三也是为了保护防风祠。

讲述者：冯彩根、沈永法

（10）占清穆村防风庙就是今天美都现代城的位置，是防风爷的行宫，以前有四间，不大，供奉十三个菩萨，最前是大禹王，其后是防风王，防风王边上是两个防风娘娘，三个总管有飞眚老爷等，还有黑白无常、文武判官、夜叉和小鬼，庙里有一块清光绪二十年的"灵佑一方"匾额，长3米多。庙正对为一戏台。每年三月三，祭拜防风娘娘，六月六，祭大禹王，八月二十五，祭祀防风。为了与三合乡二都村不重合，20世纪90年代改为八月二十二祭祀防风。过去防风祠祭祀有两块内容，一块是道士主持的，一块是县衙门主持的，有祭酒师，音乐为宫廷音乐。另外要唱大戏，道士做庆诞法事，百姓朝拜。宗教和做戏活动要进行三天。还有扶乩（防风爷降笔）、点长寿灯，要点一百零八盏灯，用素油烧香塔。巡游，称"出殿"，不抬防风爷，抬红脸飞眚爷，在整个武康城内巡游。队伍里有仪仗队，朝廷钦差大臣都到的。过去，人去世后灵魂首先都要到防风祠去报到。

讲述者：陈金伟，男，四十三岁，烟霞观住持

讲述时间：2011年8月23日

讲述地点：武康镇烟霞观内

（11）武康的东皇菩萨最大。城隍菩萨是具体办事的，防风王是总土地菩萨。过去结婚前，要到防风王庙请土地菩萨。防风庙进香日是每月的初一和十五，防风生日是八月二十五。里面的防风娘娘（指防风王的二位夫人）听说一位是文娘娘，一位是武娘娘。

讲述者：林杏娥

防风祠（吴文贤摄于2005年）

（三）防风故事选录

王鲦和防风

王鲦和防风是好朋友。防风是个大个子，站着山一样高，躺下河一样长；王鲦是小个子，三寸长，六两重，一大一小，站在一起真让人发笑。

当初，天下发大水，到处是海满洋溢的。王鲦对防风说："我们治水吧。"于是，王鲦和防风就向地皇[1]提出把治水的事包了。他们听说天帝有色土[2]，见水就长，只要偷一点来治水就省事了。于是，他们就想法到天宫去偷色土。

防风个子高，站在山上，手一举便能摸到天宫。防风把王鲦托在掌上，一举就送王鲦上了天。王鲦个子小，不显眼，在天宫里跑来跑去，谁也不注意。色土藏在天帝的座椅下，王鲦就从天帝的裤脚里钻进，从裤裆缝钻出，不声不响地就把色土给偷到了。

王鲦带着色土，防风托着王鲦，到处跑，跑遍天下每一条江，跑遍天下每一座山，他们用色土在江上筑了一道道坡，在山口修了一座座坝。色土遇水长，坡坝随水高，江河上游的水被挡住了，平川里自然免了洪灾。治水眼看就要成功，地皇正打算让王鲦做王呢。谁知王鲦偷色土的事让天帝知道了，天帝很恼火，一下子把色土都收了回

[1]地皇：口述者说，有人说该是国王。
[2]色土：疑是息土，但口述者反复说明是色土，有颜色的土，故存原说。

去。这下糟了，原来挡在上游的水一下子往平川涌，洪灾更凶了。地皇发了怒，把王鲧和防风抓起来，要杀掉他们。防风个子大，一般人只够到他脚踝，杀他不得。而王鲧呢，个头小，便被像碾蚂蚁一样碾死了。临死前，王鲧对天叹一口长气，说："我个子小就被杀死，希望我儿子能长得高大些，比防风还大三分。"果然，他的儿子块头比防风还大，他的儿子就是大禹王。

（讲述者：张永茂；采录者：周耀民。流传于浙江东阳市南江流域各乡镇。原载北京《民间文学》1986年第11期。）

防风氏的由来

传说远古时代东南沿海一片汪洋泽国，后来经过了不知多少年，海水慢慢退下去，才露出太湖流域一带的山川土地。当时阳光充足，气候温润，地上长着一片莽莽苍苍的密林。后来又经过了不知多少年，从北方来了一位巨人，身高三丈，体格魁梧。他带着自己的部落氏族，追逐象群，进入太湖北山，以猎象为生。这便激怒了天上的玉皇大帝，他将象群逐走，使巨人部落的先民无以为生。

这位受部落氏族尊敬的巨人，天资聪颖，胆略超人。他见靠狩猎已养活不了自己的部落，就手执巨斧，日日夜夜与部落中的人一起开出一条条江流，将太湖大水排泄到大海里去，又亲手用兽骨、木头制成耕犁，教导先民辟除草莽，开垦出一丘丘田地，种植水稻。慢慢地，部落中的人过上了丰衣足食的好日子。

玉皇大帝一见又十分恼怒，他当即命令火神在炎热的太阳上加三把火，要晒死田里的庄稼，热煞巨人部落的人。聪明的巨人就教人们砍竹枝，采竹箬，编成笠帽，挡住火辣辣的太阳。

玉皇大帝见一计未成，又命令水神将太湖之水变成倾盆大雨，想要冲毁部落村舍，淹死桑田作物。聪明的巨人又叫部落中的人将笠帽改成尖顶形，把村舍和桑田遮盖起来。

最后，玉皇大帝无计可施，只好命令风神日夜刮起呼啦啦的大风。聪明的巨人又将笠帽变成了笠帽峰，挡住了大风，保护了田舍和庄稼。

这位巨人，聪明地创造并巧用笠帽，终于战胜了种种灾害，使部落中的人安居乐业，过上了美好的生活。人们十分尊敬他，因为他无名无姓，不好称呼，大家就叫他"防风氏"，意思是他有一套专门防治大风大雨灾害的本领。

从此，太湖附近部落也都尊称这巨人部落为防风氏国。

（讲述者：蔡民，干部；采录者：莫高。流传于苏南一带。原载湖州《水乡文学》1995年第1期。）

防风氏为啥又称"汪芒氏"

防风氏带领氏族部落在太湖流域开垦荒地，辟成水田，种植水稻，使先民的生活越来越好。这消息一传十、十传百，吴越一带靠狩猎、采集为生的氏族部落都十分羡慕，不少部落首领向防风讨教好方法。

古时候，吴越一带都是荒山野岭，草茂林密，交通不便。来寻找防风氏部落的人，跋山涉水，东寻西找。一天，他们来到太湖边的一座高山上，只见山峦起伏，连绵一片，只有东边一片汪洋在阳光照射下发出耀眼的光芒。他们找了好久，才遇到一位老猎人，上前问道："请问巨人防风氏部落在哪里？"

老猎手朝东边一指，回答说："你们看，那一片汪洋就是太湖，那太湖南面闪烁着金色光芒的地方，就是防风氏部落开辟的水稻田哩！"

防风氏对前来学习水稻种植的其他部落的人都热情接待，将开辟水田、防治洪涝、种植水稻的经验毫无保留地告诉他们。他们回去后，开荒种田，果然庄稼丰收，生活改善啦！于是，他们附近部落的人也想到防风氏部落去学习，打听如何到防风氏部落去，他们都回答："你们只要向东走，看到一片汪芒耀眼的地方，就到了防风氏部落啦！"

从此，"汪芒"就成了防风氏部落的代名词，传来传去，"汪芒氏"也成了"防风氏"的别称了，防风氏部落的人觉得"汪芒"这称呼也不错，就将它作为防风氏的代号了。

后来，防风氏被大禹杀害在茅山，防风氏的手下赶到茅山去，将防风氏的尸骨偷偷运了回来，葬在太湖南岸。为了防止夏禹追究防风氏尸体的下落，就将葬防风氏之坟称为"汪芒氏坟"，防风氏部落也常被称为"汪芒氏部落"。直到现在《百家姓》中的汪姓还以汪芒氏作为族姓的祖先哩。

（讲述者：吴袁，退休干部；采录者：莫高。流传于苏南一带。）

刑塘戮防风

夏禹王登基，在茅山大会诸侯。夏禹王和各部落诸侯都兴高采烈，一连三天，庆功欢宴，喝得醉醺醺。

会稽山戮防风氏

突然，天气骤变，漫天乌云翻滚，风惨惨，雨凄凄。风雨中急匆匆走来了浑身湿淋淋的巨人防风，只见他全身赤裸，只在腰间围着一条豹皮围裙，手拖着一柄石制巨斧，用沙哑的嗓门呼喊道：

"祝贺禹王登基！恕我来迟啦！"

夏禹王平时对防风三番五次顶撞自己怀恨在心，如今在欢乐的庆功会上，见他一副不成体统的狼狈模样冲进会场，又迟到了两三天，一时怒火满腔，沉下脸来，厉声喝道：

"大胆防风，你来干什么？"

"我来参加你的登基庆功大会啊！"

"既然你来祝贺本王，为何姗姗来迟？你手执巨斧，用意何在？"

夏禹王不容他分辩，就令左右卫士："快，给我绑了！"

天不怕地不怕的防风，为了怕夏禹对他产生更大的误会，才让他们绑了。但是，他还据理争辩："我手执巨斧，是正在苕溪上游治理山洪暴发啊！治好洪水才赶来，所以来迟啦！"

夏禹王刚登上王位，想显一显自己的威风，正好来一个杀一儆百，威压各部落诸侯，于是不管防风如何解释，还是厉声命令道："防风不满本王，故意迟到，左右给我斩啦！"

防风知道夏禹早已对他怀恨在心，今天假公济私，在各部落诸侯面前要弄个罪名杀他，就一蹬脚，悲愤地说："你要杀就杀吧！"

夏禹王的左右卫士见防风身长三丈，威威武武地站着，都迟迟不敢上去。夏禹王就叫防风跪下。防风大声喊道："大丈夫顶天立地！我防风一心为公，从没做过亏心事，为啥要向你下跪？"

夏禹王当着各部落诸侯的面，觉得下不了台，越听越气，喝道："好个防风，你不下跪难道斩不了你！"于是，命令五百士兵挑土担泥，在防风四周堆起土塘来。不到半天，高高的土塘就淹没了防风的双肩，只露出一个巨大的脑袋。

只见防风呼吸困难，气急呼呼，左一个"昏王"右一个"昏君"地骂着，还张着两只血红的大眼怒视着夏禹。

夏禹王被防风骂得狗血喷头，怒气冲冲，他抽出斩龙巨剑向防风挥去。第一剑，防风的头动也不动；第二剑，防风只眨了眨眼睛；第三剑，防风巨大的脑袋被砍了下来。

这时，天昏地暗，风狂雨暴，各部落诸侯眼见心直口快的防风因防洪而迟到就遭夏禹王如此残暴的杀害，吓得酒也醒啦，以袖掩目，不忍目睹杀戮防风的惨状，一边借风雨逃散，一边为防风喊冤："唉！好一位英雄，死得实在可惜！""是啊！防风死得太冤啦！"

夏禹王高兴而来，败兴而归，以后，他常常梦见防风横眉怒目，摩拳擦掌要向

会稽山刑塘戮防风氏

他讨还血债。有一次，夏禹王到太湖西山察看洪水灾情，突然遭到防风部下三位勇士的袭击，他们想刺杀夏禹，为防风报仇，幸亏夏禹王的卫士眼明手快，用箭将三人射死。从此，夏禹王惊吓成病，不久就死在茅山，葬在会稽。

防风临刑而筑的塘，至今在绍兴还留下了"型（刑）塘"这一地名，型塘后面的那座山也称为"防山"。

（讲述者：何紫恒，退休教师；采录者：莫高。流传于浙东一带。）

禹杀防风氏

防风和王鲧治水治倒灶，王鲧块头小被杀了，防风块头大没人杀得了他。后来王鲧的老婆生了个儿子，刚生下时像一条鱼，便取名叫鱼。鱼大得快，一日三变，越变越像人，越变块头越大。过了七八日，比防风还大，便改名叫大禹。大禹问阿妈："阿爹呢？""被地皇杀了。""为什么？""治水治倒灶。""为什么倒灶？""问防风。"大禹去问防风，防风照实讲了。大禹也想治水，防风很赞同："我助你一把力。"大禹向地皇讨了治水的差。防风说："你爹偷的色土我还有呢，指甲缝里藏下来的，我们再到河流上游去筑坡。这次，天帝勿会干扰了，保成功。"大禹勿赞成："勿靠天，勿靠地，若要治水靠自个力气。色土好是好，到底勿牢靠。我想过了，最好的办法还是开沟，把水排到海里去。""有色土在，总归该派些用场吧！"防风勿服气地讲。大禹想了想，回答道："那么你拿色土到上游山谷里筑坡，我带人在平川开沟，筑坡、开沟一起搞吧！""好吧。"防风嘴里讲"好"，心里却不大满意，带着色土便到山里去。他来到南方天台山，有些吃力，想困一会，便用色土做了两个盆，放在天台山半山腰接洪水，自个头枕天台山，脚放高头坪，呼噜呼噜地睡熟了，一眠便是六七年。一大一小两个盆遇水便长，水越多盆越大，越长越大，长得像山一样了。防风困醒转个侧，把两个盆搞翻了，盆中的水倒出来，向四面八方淌。山北的东阳一带受了苦，全被淹啦。防风困得死，还勿晓得呢。

六七年后，大禹把天下的洪水都治好了，带着部下到绍兴茅山开庆功会。一点人数，没见防风，便派部下去找，一路找到东阳一带，发现这里海漫洋溢，还被水淹着；一路找到天台，唤醒了熟睡的防风。两路都回到茅山向大禹报告了。大禹问明情由，心里好火："你这个防风，倚老卖老。水勿治，熟眠眠，反而坑害了许多老百姓。今日勿杀你除非我禹字倒头写。"便抓过把青锋剑，把防风的头给削下来了。还勿解恨，又飞起一脚把他脑袋踢出茅山。之后，便带着部下到东阳一带来治水。

防风的脑袋被踢出好几百里路，便落在我们雅坑狮岩山脚。后来年代久了，便化成大岩石，有鼻子有眼睛的，现在还在。只是人们叫白了字，叫作"望风岩"了。防风熟睡时搞翻的两个盆也在我们东阳，便是大盆山和小盆山。

（讲述者：张永茂；采录者：周耀明。流传于浙江东阳市

青联湖溪等地。原载北京《民间文学》1986年第11期。)

大禹斩防风氏

大禹治平地上的洪水，来到会稽茅山开庆功会。各路治水的领头人陆续前来，到了开会的日子，大禹一点人数，还缺一个防风氏。

这防风氏个子非常高大，曾经和大禹的阿爹鲧一起治过水。因为他们治水只堵截，不疏导，劳民伤财，治水失败了。于是鲧被砍了头，防风氏侥幸留下。后来，防风氏跟大禹治水，倚老卖老，不愿跟随大禹吃苦，说让他带些人仍到山间去筑坝拦洪。山间筑坝拦洪也是治水的一种方法，大禹就同意了。

防风氏带了些人在四明山筑坝，把四明山北坡的水全拦了起来。这回他以为大功告成了，就头枕在山巅，脚搁在坝上，呼噜呼噜睡起大觉来。不料转身时脚一蹬，大坝倒了一大截，山洪哗啦啦往下泻。那时姚江还没挖成，余姚百姓死伤惨重，等到防风氏重新把坝筑好，已是大禹在茅山开会的第二天了。防风氏瞒着灾情来见大禹，大禹十分气愤，就问身边执法的人道："损坝泄洪，毁田伤人，该定何罪？"执法的人答道："立斩！"大禹点了点头便叫随从把防风氏绑了去杀头。

因为防风氏个子高大，跪在地上，行刑人的刀子还够不着他的颈项。于是，大禹就叫人到会稽山西北面，建造一个刑堂，堂中设立高台，把防风氏的罪名公之于众，让防风氏跪在刑台下，行刑的人站在台上，这样手起刀落，才把防风氏的头斩了下来。

大禹斩了防风氏，立即带领一行人赶到余姚去挖江，引洪入海。

这建刑堂、斩防风氏的地方，就是现在的"型（刑）塘"。当地百姓便把防风氏的尸体葬在附近，后来老百姓在治理镜湖时，还掘出过一根七尺长的人骨，据说就是防风氏的脚骨。人们说防风氏没有功劳也有苦劳，为纪念他就在镜湖边建了一座七尺庙。这根长骨出土后，防风氏的后代就赶到那里，东掘西挖又找到一些尸骨，他们把这些尸骨重新埋在马山，并且在马山造了一座防风庙，四季祭祀，供奉香火。

（讲述者：俞党头，男，十八岁，高中；采录者：傅作人。

原载《浙江省民间文学集成·绍兴市故事卷》。）

禹杀防风求天助

相传与大禹同时代的防风氏，立国在湖州地界的德清县二都村封、禹二山一带。那时安吉也属防风古国。防风氏治水有大功劳，百姓赞他为治水英雄，苕溪、太湖都是他治理好的。他是江南最有名望的诸侯，号称"防风王"，威望很高，民众很爱戴他。

有一年，大禹大会诸侯在会稽山。防风王接到通知就按时出发了，举国上下夹道欢送。由于路远迢迢，隔山阻水，等他赶到时，诸侯大会已经开得差不多了。大禹看到防风迟到，火冒三丈，大喝一声："防风，各路诸侯服从本王号令，都按时到会。唯独你迟到误期，你已犯了砍头大罪!"

　　大禹一定要拿他砍头治罪,防风辩解无效,但是防风王人大身高,相传有半天高,要砍他的头可不是件容易的事。古代人,特别是大禹这样的大王,说一不二,说了砍头,只能砍头,绝不可用其他的刑罚代替。为了砍下防风王的头,大禹就派人筑起刑塘。刑塘不够高,又在刑塘上搭起了木头架子,命令刽子手爬上架子去用刑。当木头架子搭到快与防风王齐胸口时,防风王大笑三声,突然,身架子又长高起来,刽子手怎么也砍不到他的头颈。大禹命令再把木架搭高,防风王又大笑三声,身架子又长高起来,这样子到第三次还是砍不了他的头。

　　大禹感到在诸侯面前矮了一截,心中发急。幸亏身边一位谋士给他出了一个点子,他一听,感到有理,就命令在刑场前叠起三堆干柴堆,再命令准备了三堆刚砍来的松树、柏树和香樟树的青枝叶,先把三堆干柴用火点着,等火一旺,一堆干柴上堆上青松枝,一堆干柴上堆上青柏枝,一堆干柴上堆上青香樟树枝。这样一来,只听得噼里啪啦的爆裂声,三堆大火上冒起冲天白烟,松、柏、香樟的清香扑鼻——这就是古人祭天用的"柴望",也就是后世烧香点烛的来历。大禹开始祭天,他自己跪倒在地上,向苍天祷告,求苍天帮助自己诛杀防风。

　　果然,大禹命令再将架子搭高的时候,防风王再也长不高了,这样,刽子手才费劲地砍下了防风王的头。

防风王被砍头的消息传回以后，防风国男女老少非常悲痛，号哭声震天动地。为了使防风王治水爱民的功绩千秋万代传颂不已，防风国民众就用调长人会来纪念防风王。你看，调长人会队伍浩浩荡荡，最引人注目的是前面三个长人菩萨。这三个长人菩萨都是用竹篾结扎，用纸包装的，有齐屋檐那么高。领头那个长人菩萨，穿的是黄龙袍，戴的是黄龙帽，旁边两个长人菩萨，一个穿白衣，一个穿黑衣。老辈人传说，领头的那个长人菩萨，就是防风王呀！

（讲述者：王林初、舒连科，安吉县下汤乡人；

采录者：钟伟今、张建民。流传于浙北一带。）

十里湖塘七尺庙

古时候，会稽地处东南沿海，经常遭到台风海潮的袭击。古越先民为了防治水涝灾害，在镜湖沿岸筑起一条10里长的湖塘，以避免台风带来的海潮冲毁村落，淹没庄稼。

有一次，民工在镜湖边挖土筑塘时，突然，有人挖出一根很长的白骨。民工们都十分好奇，纷纷聚拢来围观。他们量量骨头，足足有七尺长，问问村里的长者，大家都目瞪口呆，十分惊奇，有的猜是古代巨象的骨头，有的猜是古代巨龙的骨头，但是谁也识不准这到底是什么骨头。

他们商量来商量去，最后只有去找天下无事不晓的孔老夫子。于

是，派了代表，用专车装了这截长骨来到了齐鲁地界。孔老夫子正在向众弟子讲学，大家看了这截长骨，也都十分惊奇。

孔老夫子仔细地察看了这截长骨，并询问了发掘出土的地点，然后问众弟子："你们知道这是什么骨头？"

众弟子面面相觑，回答不出。孔老夫子抚摸着五绺长须，慢慢地说："我听说，古时候夏禹王曾在会稽召集各地诸侯开庆功大会，巨人防风氏因迟到而被杀戮。防风氏身长三丈，这段七尺之骨就是防风氏的脚胫骨啊！"

孔老夫子一说，大家心服口服，古越使者就将这七尺长骨运了回来。他们想：防风治水劳苦功高，夏禹仅仅因为他迟到就残杀了他，这位治水英雄太冤屈了。于是大家商量了一下，将防风氏的七尺胫骨埋在十里湖塘中间，并在上面造了一座小庙。因为当时官府衙门都尊重夏禹王，不敢公开称它"防风庙"，只在春、秋两季祭祀防风氏这位古代治水英雄，以保佑十里湖塘一年四季安然无恙。从此，"十里湖塘七尺庙"这句民谚一直流传至今。

（讲述者：章小庆，绍剧老艺人；采录者：莫高。流传于浙东一带。）

防风舞

江南的黄梅季节，一连七七四十九天，阴雨绵绵不断。这天，防风因连日排涝，正在封山洞内休息。忽然，洞内井里传出轰隆隆的水声，井水猛涨。他知道太湖流域久雨成灾，已发生洪涝。这时，有一个浑身湿淋淋的部下，跌跌撞撞地进洞来找防风，说：苕溪上游洪水暴发，不少村庄被洪水冲毁，人畜被洪水冲走。防风顾不得疲劳，翻身跃起，手执巨斧，急急忙忙地向苕溪上游赶去。

防风来到苕溪边，只见平时静静的苕溪，如今已是一片汪洋，泛滥的洪水，冲毁村庄，冲毁山林，波涛滚滚，直向太湖方向流去。这时沿溪的山路早被洪水冲毁，防风只好翻山越岭，冒雨赶去。一路之上，满眼凄凉，只见山下一座座村庄被洪水吞没，不是房塌，就是墙倒。不少村民扶老携幼地站在没有倒塌的屋顶上，或攀在浸泡在洪水里的大树上。见此情景，防风即呼唤部下："快！洪水无情，大家救人要紧！"他忙用巨斧砍下了一棵棵树木、毛竹，用树藤扎成木排、竹排，将躲在屋顶、爬在树上的灾民一个个救了下来，安排到山头上去休息。

一连三天，洪水才慢慢退去，几百个被防风抢救的山民又回到原来的村庄去，只剩下五个山区巫婆收养的孤女无家可归。因为老巫婆救她们时已在洪水中丧生了。防风就带她们回到自己居住的山洞里来亲自抚养。这五个小女孩，小的五六岁，大的八九岁，都长得聪明伶俐，活泼可爱。她们跟巫婆学会了唱歌跳舞，很讨人喜爱。防风和他的部下待她们像亲生女儿一样，用兽皮给她们做衣裳御寒，从采集来的野果中拣最大最好的给她们吃。每天晚上，明月升起，防风和他的部下燃起火堆，她们围着熊熊的篝火，用山上采来的树叶吹起呜呜的乐声；取来山上采来的山花筒，吹出嘟嘟的鸣声；欢乐地跳起神秘的巫舞，为防风和他的部下带来很多欢乐。

不幸的是，后来在会稽茅山大会上，防风因治水而迟到，惨遭大禹杀害。消息传到防风部落，男女老少万分悲哀，痛哭了三天三夜，哭声震天动地。跟随防风多年的年轻部下，为了替防风报仇，都手执长矛和弓箭赶到会稽去跟大禹评理。可是，他们没有找到大禹，只抬回来防风的一部分尸骨。

这一天，防风部落的民众为防风在封山上举行了隆重的葬礼。他们献上防风生前最爱吃的牛、羊、野果以及防风教他们种植出来的稻谷煮成的米饭。男女老少跪在防风坟前痛哭流涕，泪成血浆。入夜，封山四周点燃牛油灯，村民们举着火把，围绕着冲天篝火，向会稽方向发出愤怒的呼喊声："誓为防风报仇，向大禹讨还血债！"

这时，五个被防风收养的孤女，身上用稻草和树叶装扮起来，披着乌黑的长发，头上戴着白色山花扎成的花环，双眼瞪得大如铜铃，充满仇恨。她们一手执着矛，一手拿着山花筒，吹起"呜嘟嘟"、"呜嘟嘟"的哀号声，然后，疯狂地手舞足蹈起来，一会儿碎步起舞，屈体躬身，一会儿左右摇摆，浑身颤动，一会儿又呼啸前进，挺身举手，直指会稽方向，以示部落民众报仇的决心。这时，四周的村民也随着她们"呜嘟嘟"的哀乐声和疯狂舞姿，不时高举火把，齐声呐喊助威。一时间火光冲天，地动山摇，举国哀悼，直到东方黎明，祭礼才告结束。

从此，每逢春、秋两季武康封山防风庙举行祭礼时，都要奏防风古乐，跳防风舞，这种风俗一直流传了下来。

（讲述者：何紫坦；采录者：莫高。

流传于浙东、浙北德清一带。）

防风草药

"伤风感冒浑身疼，防风一味就成功。"这句流传于吴越民间的中草药谚语，相传与治水英雄防风氏有着神奇的连带关系。

夏禹王在会稽茅山大会诸侯，庆贺治水成功，防风因治洪抢险而迟到，被夏禹王杀头。防风头颅被砍下后，直立不倒，双眼圆睁，冤气冲天，从头颈里喷出来的不是殷红的鲜血，而是一股哗哗的洪水，随着洪水喷出来的还有一粒粒草籽。这是防风治水时因饥饿而吞下的一种草，散布在刑塘四周的山野之中。

防风死后的一个春天，刑塘四周山上山下长出了一片翠绿的草，随风摇摆。不久，黄梅季节到了，天气忽冷忽热，乡民们都感到身体不适，浑身发冷发热，筋骨疼痛，神疲力倦，病重的还咳嗽不止，一时影响了春耕生产。

有一个住在附近村里的老药农，平时有点这样那样的小毛病，都是自己上山采点草药，煎汤治疗。此番看到村里流行疾病，心中十分焦急。这一天，他上山看到刑塘附近在风雨中挺立的草，感到十分惊奇。因为他亲眼目睹治水英雄防风被夏禹王杀害，这些野草一定是草籽生发长出来的。他想：防风生前曾带领乡民忍饥耐寒，吞食野草，风里来雨里去治理洪水，这些野草是否对这种流行病也有疗效呢？于是他就拔了一些，洗洗清爽，拿回家用砂锅煎了汤，给家里人一连喝了三天。果然，这种像是伤风感冒的病治愈了。老药农高兴地叫村里人都去拔这种草，煎了汤，大家一起喝。果然，全村男女老少的病都好了，干活也有劲了。乡亲们都不知道这是什么草，纷纷来请教老药农。老药农告诉大家，这是防风被砍头后喷出来的草籽生发出来的草，这位治水英雄生前为民治水，教民种庄稼，死后还以自己的心血化育草药供给我们治病，我们应该感谢这位治水英雄。这种草药，我们就称它为"防风"吧！

从此，吴越民间就用防风来治疗伤风感冒。"头痛吃防风，腰痛吃杜仲"，"防风，防风，专治感冒伤风"，这些中草药俗谚也在民间广泛流传。后来百越部落因海侵迁徙至西南地区，将这种中草药也带了去，四川地区出产的叫"川防风"，后来驰名我国大江南北。

（讲述者：吴承达；采录者：莫高。流传于浙东一带。）

武康防风庙的来历

相传武康县城东鼓儿桥陈家祠堂后面有一座古凉亭，人称"二里亭"。这里曾经临时停放过从会稽偷运回来的被大禹王冤杀的防风氏的尸体。

防风氏被大禹冤杀以后，在很长的一段时间里，武康县境内没有一座防风庙。

不知是哪个朝代，一天夜里，打更人在武康县城门上看见一个很长很长的人坐在鼓楼上，他的双脚一直伸到地上。打更人吓得连忙逃走，第二天就把这件事报告了县太爷。

当时的武康县太爷是一位很有学问的绍兴人。他听完打更人的报告后，心想：武康是防风古国，这么高大的人必定是防风氏无疑。可是，他为什么晚上会出现在城楼上呢？

过了几天，他问县衙里的本地幕僚："防风氏是你们武康人的先祖，又是为水患去救老百姓而被大禹错杀的，为什么武康县内就没有一座可让防风氏安息、享受庙食的祠庙呢？"本地官员说："我们武康人不是不想造防风庙，而是不敢造。因为防风氏是受禹王的惩罚而杀掉的，怕造了他的祠庙违反朝廷禁令。"

县太爷笑笑说："你们只知其一，不知其二。防风氏是被错杀的，连禹王自己都后悔了。过去，两个防风国臣民为防风氏抱不平，想刺杀禹王，因刺杀不成而畏罪自杀，禹王还亲自把他俩救活来，并赦免了他们的弑君之罪，表示了错杀防风氏的悔意。"

县太爷的一番话解除了武康人的顾虑，很快，武康人就决定筹建一座防风庙，地址就选在武康县城东面原来停放过防风氏尸体的二里亭旧址。

防风庙造好以后，武康人十分高兴，不断有人来祭奠。大家也知道了禹王后悔错杀了防风氏，还赦免两个防风国臣民的弑君之罪。因此，后来在防风庙里也塑了禹王的神像。每年八月二十五防风生日那天祭祀防风氏，六月初六禹王生日那天祭祀禹王。

武康二里亭防风庙造好后，过了一段时间，二都人说："防风氏本住在防风山，既然可以造祠庙祭祀，就应造在防风山上。"所以，那里也造了一座防风庙，而且规模比二里亭的更大。

不过，二都人还因禹王冤杀了防风氏而记仇，所以二都防风庙不设禹王的神像，也不肯祭祀禹王。

（讲述者：陈金伟、陈阿毛；采录者：欧阳习庸。流传于德清武康一带。）

红枫树防风树

知道防风王故事的人不少，可知道防风树的人却不多。要知道防风树故事的来龙去脉，还得从大禹冤杀防风王说起呢。

大禹在防风氏与伏羲氏父子的帮助下，抗洪排涝、疏浚河道、筑堤砌坝、营造桑田，干得很顺当。百姓衣食不愁，天下太平。大禹虽是个圣王，但也是个凡人。由于大权在握，有时不免独断专行，偏听偏信，做出些错事来。

防风是个弄堂里扛竹竿——直来直去的人，喜欢实话实说，有时还敢与夏禹王论理哩。

为了庆祝治水之功，也为了树立王威，大禹选定这一年的八月二十四在会稽山大会诸侯。防风因山洪暴发，一心抗洪抢险，等赶到时已经迟了。大禹火冒三丈，就以"目无君王，故意迟到"之罪下令诛杀防风。

防风身坯高大无比，大禹只好用土石搭起等同于防风身位的刑台用以砍首。四个刽子手轮番挥刀斩首，方使得巨头落地。只听乒乓一声，地动山摇，众诸侯大惊失色。等大家回过神来，只见从防风脖颈断处哗啦啦喷出一股冲天白血。"不喷红血喷白血，必是天大的冤枉啊！"众人惊呼，连大禹也发了呆……

更使人触目惊心的是，防

夏禹杀戮防风氏

风人头落地，但巨大的身躯却如大树般挺立。刽子手一哄而上，前去奋力推搡。前推推，不动；后推推，不动；左推推，不动；右推推，不动。推来推去，就像生了根一般纹丝不动……

要为防风平反昭雪的呼声一浪高过一浪，夏禹也深刻反省，知道铸成了大错。他命令卫士好好看守防风尸体，再也不准推搡，并下令调查，终于弄清了防风氏赴会迟到的缘由。于是，大禹便下诏书为防风平反昭雪，在防风国立祠堂，塑金身，封防风王，定于每年八月二十五为公祭之日。

时隔五七三十五天，正当在防风尸体前宣读大禹为防风昭雪的文告的辰光，突然一声霹雳，只见防风氏的身躯刹那间血肉横飞，那片片血肉飞挂在四周树林的枝枝丫丫上，转瞬间变成了棱角分明的血红的树叶。正当大家吃惊之时，在一旁守灵的伏羲氏道出了父王"愿为千山飘红叶，甘化血肉美人间"的心愿。后来，人们为了纪念防风王，便把那些长满红叶的参天大树称作"风树"，也就是防风树。再后来，记录成文时，在"风"字左边加了一个"木"字旁，成了"枫树"。现在大家晓得秋天那满山的红枫树就是防风树，那是防风王的血肉幻化出来的。

树，以木为本；木，以叶为华。本，是防风王的身躯；叶，是防风王的血肉。红枫树是防风王的化身和象征。因为红枫树粗壮高大，树干很像防风王。红枫树是天下三大硬树红枫、金檀、沙朴之一，象征着防风王是个硬汉子。红枫树又是四大长寿树银杏、苍柏、红枫、乌松之一。如今，人们见到红枫树（防风树）就会想到防风王，这就是天意和民心。

（讲述者：三合乡塘径村农民吴长寿等；采录者：

王凤鸣。流传于防风故里德清县三合乡一带）

三条鱼精争封地

上古辰光，有三条鱼精帮助大禹治水有功，他们便向大禹讨封。

这三条鱼精，一条是鳖鲦鱼，一条是鳑鲏鱼，一条是土鲈鱼。

大禹对他们说："你们就从这里出发，逆水而上，你们看到啥地方好，就在啥地方歇下，啥地方就封给你们。"

三条鱼精高兴得摇头摆尾，说："好！"

于是，他们就奋力扬鳍，冲浪动身了。

鳖鲦鱼眼乌珠暴出，像箭似的嗖嗖v向前蹿。游呀游，抢先游到现在的上柏地界，认为是个好地方，就住下来，成了顺风王。

土鲈鱼呢，身坯笨，呆古古的，尽管出力游，但游得顶慢。他游到现在二都村地界，透出水面一看，真是个好山好水的九龙之地，就住下来，成了防风王。

那条鳑鲏鱼呢，比鳖鲦鱼游得慢，比土鲈鱼游得快点，他就在上柏到二都的中心落脚下来，也封了个王，但是名气小，老百姓把他的封号忘记了。

（讲述者：归本元，德清县三合乡大赛村人，曾任禹山乡乡长；采录者：杨静芳、钟铭、钟伟今。原载《浙江省民间文学集成·湖州市故事卷》。）

三王选地盘

不知是哪一个朝代的哪一位帝王，封了三个王：防风王、樊兴王、徐王。

封了王，就得给人家地盘啊。北方都给别的王占了，南方倒还有些空地。

那位帝王便跟三个王商议：防风王挑三百斤灯笼壳子，樊兴王挑三百斤毛铁，徐王挑两座山头，三人同时出发，到江南武康一带，由各人自选地盘，占地为王。到得早的，占好地盘；到得迟的，不怨别人。

三人一口答应，同时起程。

樊兴王把三百斤毛铁挑上肩，扁担两头一耸一耸的，很合步。毛铁堆作（吴方言即"体积"）小，担子又不重，樊兴王跑得飞快。但俗话说"百步没轻担"，何况是千里迢迢下江南！到后来，那肩头上的三百斤毛铁，压得樊兴王面孔血红，青筋暴起，眼珠凸出。不过，他一心想占好地盘，心有余，力还足，咬紧牙关，运足力气，越走越快，独自赶在最前面。他先跑到二都一看，这个地方风水真好，山水田地，应有尽有，稻麦鱼藕，样样齐全。他很想在二都占地为王，但又想别处可能比二都更好。他顾不得揩一揩额头上的汗水，又急忙向西面跑去。走了半天，到了上柏，那里的风水也不错，再说挑担已经挑得很吃力了，樊兴王就决定在上柏歇脚住下来。

防风王挑着三百斤灯笼壳子，匆匆忙忙往南方走。不到半天，就被樊兴王扔在后边。论斤两，他力大无穷，三百斤的担子算不了什么。问题在于灯笼壳子是夯（音 pào，吴地方言，"虚大"的意思）货，堆作大，道路又小，风吹浪打，跑一步要比跑三步还吃力。风吹过来，担子荡过去；风往上刮，灯笼往天空飘。不是挂在竹梢上，就是钩在树枝上，他手拉，扭腰，转背，顾了这头，顾不了那头，身不由己，东歪西倒。尽管身高三丈六尺，又使出了全身气力，但仍然赶不上樊兴王。一担轻飘飘的灯笼壳子，累得他筋骨酸，腰背痛，气喘喘，汗淋淋。后来，他想出一个巧办法：将担子放到地上，把灯笼壳子全都踏得扁扁的，再卷起来用绳子捆扎，堆作大大缩小，跑得也就轻快了。他跑到二都，看到这个地方风水极好，物产富饶，十分满意。他再也不想奔来奔去地选地盘了，便心满意足地在二都住了下来。

再说那徐王，挑着两座山头，最重，最累，一直落在后面。他跟樊兴王一样，挑得面孔血红，青筋暴起，眼珠凸出，汗雨直下，但还是望不见前面那防风王和樊兴王的人影。他使尽了九牛二虎之力，好不容易才挑到二都，放下担子，只见防风王笑眯眯地跟他打招呼。他知道二都已被防风王占去，便嘴一噘，屁股一翘，挑起担子向东跑去。一路上，他憋着一肚气，越想越懊恼：自己的担子最重，奔得最吃力，好的地方却被人家占去了；人家早已安安耽耽，自己还得挑山赶路。心里想得气煞，脚步乱了节拍，肩上的担子乱耸，那扁担"咯吱咯吱"乱叫。眼看塘泾快要到了，"咔嚓"一声，扁担断了！前面那座山跌到东苕溪边的余杭县境内，被人叫作"落山"，后面那座山跌落在背后，他转过身去，用脚趾头一钳，气呼呼地甩到德清县城东南面，被人叫作"钳山"，后来，德清人嫌这个山名不大文雅，便取谐音，美称为"乾元山"。徐王看到自己辛辛苦苦地从千里之外挑来的两座山头都跌落了，气得将手中的断扁担往下渚湖一扔，顿时化作了细细长长的扁担山，扁担头上那个圆形的凸出部分，也同时化作一座又小又圆的湖上山，跟扁担山紧紧地连在一起。断了扁担，跌落了山头，徐王气得不愿再走，便空着一双手在塘泾住了下来。

这样，三个王都有了自己的地盘。防风王住二都，樊兴王住上柏，徐王住塘泾。他们三人占地为王之后，都为当地的老百姓做了许多好事。

后来，三个王先后过世，当地老百姓为纪念他们，建立祠庙，塑装神像。

你猜，老百姓把他们的神像塑成什么模样？

喏，是这样的：防风王：满脸笑意，神色安详，慈善和蔼，可敬可亲。樊兴王和徐王脸色血红,青筋暴起,眼珠凸出,怒容可畏。

(讲述者:吴子法;采录者:俞武龙、俞有良。

原载《浙江省民间文学集成·湖州市故事卷》。)

雌雄井

德清二都有一口防风井,山东有一口杨府井。

防风井是雄井,杨府井是雌井。

防风井,在防风山前祠中防风菩萨的神座底下,两块石板封口,平时只露出一条细缝。拿一根红头绳吊一个铜钱放到井里,只听到铜钱入水的扑通声,又清脆,又响亮。拎上来一看,红头绳和铜钱干燥如初,不沾一点水渍。防风井直通东海,水面上有一层龙王吐出来的泡沫。每当八月中秋节夜晚,井里还会有白兰花香气飘出来。古谚道:"八月月半看月华,防风井里香气发。"老辈人说,这井里有防风留下的宝贝,喝了防风井水,能身怀神力,可挖江掏河,移山填海。可井中天生有一对铁壳胡蜂守护,若有人偷井水,它们就会张开铁口,飞起来咬人。咬了没药医,非死不可,故而防风井水宝贵,常人很难得到。

杨府井,在巴九山上杨家府里杨氏祠堂的天井中央,八角形的青石井圈,刻着凿井年月。它本是一口普通的水井,并无什么特别,而且每年还会混浊一次,但只要倒入防风井的水,水立刻就会变得异常清澈。因此,杨家府每年照例要派人从山东到二都防风井来取水,只缘

　　杨府井里混合着防风井的水，所以这原来很普通的井水就变成了神奇无比的雌雄水，喝了它，杨家府里的人力大无比，智勇双全。

　　自从杨家府抗辽建功，名扬九州后，宋元明清，历代王朝都将杨家作为有功之臣，一直向杨家府供奉皇粮。天下百姓也都说杨家有功受禄，理所当然。

　　可是到了清朝不知哪一个皇帝手里，朝廷里出了个"癞毛军师"，他跟历朝皇帝和天下百姓想的不同。他讲，当朝皇帝吃皇粮，不当皇帝断皇粮，杨家府的人早已不在朝廷当官任职，却比皇帝还特别，为啥一直还要吃皇粮？那个昏君听了，觉得这话好像也有道理，就让"癞毛军师"去传旨，断绝杨府的皇粮。

　　"癞毛军师"从北京赶到山东巴九山。

　　那巴九山方圆并不小，四周都是水，像个小海洋。"要上杨家府，进出十八里"。"癞毛军师"望着眼前的巴九山，喊不应，进不去，正在发愁。

　　这时，杨家府派人出来接他了，叫他坐在一只大缸中，由来人划着进了杨家府。

　　杨家府的人早就知道"癞毛军师"的来意，却只当没有这回事，仍然热情地接待他。

　　一个丫鬟送上一杯香茶，行了个万福，说道："请用茶。""癞毛军师"也正感到有些口渴，便端起茶杯递向嘴旁。岂料，这小小的一杯茶，竟然比石臼还要重，怎么也端不动。他心中一怔，暗暗地运足功力去端，那杯茶仍旧像钉在桌上一般纹丝不动。

"癞毛军师"吃了一记闷棍，暗叫不好，表面上却不露声色，装得若无其事。

杨家府的人看得明白，却不加点穿，只是笑眯眯地对他讲："你先喝一口，喝一口之后就端得动了。"

"癞毛军师"便俯身喝了一口茶，再去端，果然不费吹灰之力。他想：防风雄井、杨府雌井、雌雄井水，神奇无比，这个传说自己早有耳闻，只是当作胡言乱语未曾相信，今日亲身经历，心服口服，怪不得杨家府里的人个个力大无穷，本领高强。看来，要想断绝杨家府的皇粮，那是难上加难，还是趁早赶回朝廷禀告皇上更改旨意吧！若是待在这里惹是生非节外生枝，弄得不好还会断送自己的性命。

杨家府的人问他："有何贵干？"他连声答道："没事，没事。只是慕名前来拜访拜访。"

茶水落肚，"癞毛军师"便起身告辞。

杨家府的人问他："你喜欢'文送'呢还是'武送'？"

他想：我刚才喝了杨家的一杯茶已经吃到"辣头"了，再让他们"武送"，那还不是送我的命啊！他赶紧回答："文送、文送。"

杨家府的人叫他背上一只钢锅，头颈里坐上一只猴子，然后让他骑着杨家府的马匹，踏上归程。

那马踩着没在水中的排桩，走出十几步远，"癞毛军师"便听得背后有许多支箭"吧嗒吧嗒"地射过来，紧紧密密的，射在钢锅上叮叮当当地响，吓得他趴倒在马背上，气也不敢喘，动也不敢动。后来，脸孔上、头颈里流下一种热乎乎、黏滋滋的什么东西，他也没胆子察看。

四弟相公之一

九里水路，箭雨不断，水尽箭止，爬下马来，只见那猴子满身是箭，早已死去，猴血淌满了自己一身。那钢锅被箭射得精光锃亮，变成薄薄的一层。"癞毛军师"摸摸脑袋，捏捏胳膊，总算还好，未伤皮肉。他惊吓过度，一下子瘫倒在地上。

（讲述者：韩吉初；采录者：

四弟相公之一

四弟相公之一

四弟相公之一

俞武龙、俞有良。原载《浙江民间文学集成·湖州市故事卷》。）

防风氏与金龙狮

夏禹王手下有两个臣子——防风氏和金龙狮，他们治水都很得力，功绩不小。禹王想把武康二都这块宝地赐给他们中的一个，给谁好呢？禹王掂轻估重，想出了一条妙计。

禹王将防风氏和金龙狮叫到跟前，对他俩说："这里有两块磨盘石和一担灯笼壳子，由你们挑，谁先挑到，二都就给谁，到得迟的占上柏。灯笼壳子不得碰破，碰破了就不作数。"两人听了，都说："这倒是个好办法。"

金龙狮比较刁，想选轻的挑，抢先对禹王说："我挑灯笼壳子。"

防风氏为人老实厚道，也不多争，便说："那我挑磨盘石吧！"

金龙狮挑起灯笼壳子就走，一边走，一边吃吃地笑。

防风氏挑起两块沉甸甸的大磨盘石也上了路。

金龙狮原先只想到灯笼壳子分量轻，挑得快，可没想到分量虽轻，却是奔货，堆作太大，走了小路会碰破壳子，到头来白挑一通，只得规规矩矩地走大路，绕远道。他人虽高，力虽大，担虽轻，走得却并不快。

防风氏挑的大磨盘石虽沉重，但不必担心碰撞，可以转弯抹角抄

先民劳作图

小道，走近路，自己又身高力大，挑两块磨盘石跑起来蛮快。

防风氏先挑到二都，放下磨盘石担子，歇下脚来。四周巡看了一下，果然是一块风水宝地，就在二都占地立脚。

金龙狮迟迟才到二都，见防风早已坐在那里，只得挑起灯笼担子走到上柏。

夏禹王封防风氏为"防风王"，封金龙狮为"金龙狮王"。

金龙狮想：防风占了好地盘，自己占的比他差，自己不是明摆着吃了亏吗？他耍了点小滑头，要百姓称呼自己为"金龙狮大王"，以显示自己大于防风氏。

老百姓呢，并不买他的账，至今还常常把"金龙狮大王"当作笑料讲呢："喏，夏禹王格时光，金龙狮大王滑头滑脑，抢挑灯笼壳子，二都这块风水宝地轮不到，只得住在上柏喽！"

(讲述者：朱加楚，男，五十一岁，农民，小学文化；采录者：俞武龙、

孔瑞英。原载《中国民间文学集成·德清县卷》。)

篾匠成将军

有一个篾匠，学得一身好手艺，能编织各种各样精致细巧的篾制品，在当地很有名气。

防风祠里请他为防风菩萨编织两幅竹幔，用来挂在神像前面两边，要求篾薄如纸，质软如布。

他就坐在防风菩萨后面劈竹篾。一片青篾，要劈成八根细软的篾条。他用竹刀劈开篾梢，一个篾头变为两个篾头，他牙齿咬牢一个篾头，用手拿刀捏牢另一个篾头，一截一截地往下扯成两根篾条。两根劈成四根，四根劈成八根。

他低着头，咬着牙，一门心思地劈篾。劈呀劈，扯呀扯，那些篾梢挥来挥去，噼里啪啦地一片响声。

事情真巧。他劈的一根篾条，梢头齐巧嵌进了防风菩萨神座底下那口井的盖板石缝里，落到井中，沾着了井水，不过他自己并不知道。

他把这根篾头抽回来，又劈第二层篾片，竹刀劈开后，就用牙齿去咬篾头，无意之中，嘴唇和舌头都沾到了防风井的水。

顷刻之间，他感到浑身胀得非常难受，原来是他的力气已经大得出奇了！他跑到防风祠后面的防风山上去拔大树，翻巨石，使出好多好多的力气后，才觉得舒服和痛快了一些。

就这样，这个篾匠成了远近闻名的大力士。

后来，他放弃了篾工手艺，练功习武，武艺日益高强，加上一身神力，最后成了将军。

（讲述者：吴子法，；采录者：俞武龙、俞有良。

原载《中国民间文学集成·德清县卷》。）

石龟传奇

防风祠有一块石碑，记载着防风王治水的功绩。这块石碑让一只石龟驮着，连碑带龟砌在墙壁里，石碑正面和石龟头朝外面，碑背面和龟尾在里边。

石龟驮石碑，驮了几千年，石龟成了精，活了。它驮着上千斤的石碑，要花费好大的力气，也要吃东西。

二都街上有一爿面条店，生意不太好，每天有剩余的面条放过夜。有一天夜里少了许多面条，但不像是人偷的。说来也怪，自那以后，面条店的生意却开始兴旺起来了。不过，每天夜里仍有面条少掉，天天如此。店主觉得很奇怪，他想办法要弄明白。

那天夜里睡觉之前，他在店里和门口撒了毛灰，清早起来，看见有很大很大的乌龟脚印。他叫老婆去看，老婆说："我们二都哪会有这样大的乌龟呢，那么是不是防风祠的石龟成精啦？"当天夜里，他将毛灰从店门口一直撒到防风祠石龟前面。

第二天去看，那脚印果然一直延伸到石龟跟前。看看石龟，和先前一样，动也不动。将地上的脚印和石龟的脚爪一对照，大小、形状一模一样。

店主一气之下拎起一块大石头，对准石龟头砸去，石龟头颈断脱了。

从此，防风祠的石龟缺了个头，但仍然驮着石碑。

（讲述者：戚友轩；采录者：俞武龙、俞有良。

原载《中国民间文学集成·德清县卷》。）

防风古碑

[贰]防风传说诗文

防风祠古碑建于五代后唐长兴二年（931年），吴越国国王钱镠
立。碑长222厘米，厚24.5米，宽97厘米，下有赑屃（石龟）底座。碑记
"稽立庙之初，则年华眇邈"，记载了防风王治水的功绩。如今，防
风祠内还完好地保存着五代时期的石碑，清阮元《两浙金石志》、陆
心源《吴兴金石记》及道光《武康县志》均有著录。这是浙江省极为
罕见的古石碑，碑文向后人展示了千年前防风祠的规模和祭祀防风
氏盛况。

新建风山灵德王庙记

(吴越国)钱镠

　　盖闻天地氤氲，□寒暑而滋品汇。幽灵胚胎，司土地而福生民。人神理在于相须，显晦期臻于感契。虽先圣着难明之说，而礼经垂严祀之文。爰自五运相承，百王理化，或以劳定国，或尽力勤王，或利济及于烝民，或勋烈光于史策，并皆立严祀于境土，享庙食于春秋。而况江浙古□，鱼盐奥壤，历象则区分牛斗，封维乃表里江山。昔年霸越强吴，今日双封列国。旷代之灵踪不少，前贤之庙貌实多。寡人自定乱平袄，勤王佐命，五十年抚绥军庶，数千里开泰土疆，四朝迭受册封，九帝拱扶宗社。改家为国，兴霸江南。一方偃息兵戈，四境粗安耕织。上荷元穹眷佑，次系神理□持。统内凡有往帝前王，忠臣义士，遗祠列像，古迹灵坛，悉皆褒崇重峻于深严，祀典常精于丰洁，冀承灵贶，同保军民。其有风山灵德王庙，本系属城，近归畿甸。考诸旧记，即先是武康县风山。又按《史记》云："汪罔氏之君，守封禺之山。"今属吴兴武康县。稽立庙之初，则年华眇邈。详图牒之说，则词理异同。惟有元和年再构檐楹，见存碑记。彼既已具叙述，此固不复殚论。聊书制置之由，直述旌崇之意。丙戌年春，寡人以玉册迭膺于典礼，清官未展于严禋，遂辍万几，暂归锦里。寻属节当炎暑，犹未却回，□□□□□□□□□□□□□□□陆仁璋佐国□□，□君竭□，

心悬扈从，遍祝灵祇。以风山灵德王，昔年因举兵师，曾陈祷祝，无亏回应，显有感通，遂恳悃告虔，许崇堂殿。洎清秋却归都□，披睹奏陈，既忠诚感动神灵，行褒赠先酬神贶，次乃亲分指画，委仗腹心，按山川展拓基垧，顺罔阜增添爽垲。形胜并皆换旧，规模一概从新。居中而殿宇崇严，四面而轩廊显敞。周回户牖，甃砌阶墀，构之以杞、梓、楩、楠，饰之以元黄、丹漆，外则浚川源之澄澈，内则添竹树之青苍。至于广厦神仪、崇轩侍卫、车舆仆从、帐幄帘栊、鼎饪庖厨、笾箵器皿，请福祈恩之所、献牲纳币之筵，并极鲜华，事无不备。丙戌八月二十四日起首，至其年十一月毕工。土木皆是精新，禋祀常严丰洁。仍展牲牢箫鼓，庆乐迎神，耀威灵而万古传芳，标

《新建风山灵德王庙记》古碑（朱建明摄于1997年）

防风祠楹联

懿号而千秋不朽。一则酬忠臣之□愿，二则答阴骘之扶□，惟冀神明永安缔构。禀元化而同垂恩福，镇土疆而荫护军民。保四时风雨顺调，□□□□□□□，永绝天灾地沴，常欢俗阜时康。巍乎焕乎！美矣盛矣！今则功用既就，良愿已酬，因勒贞珉，聊书摭实。所贵后来贤彦，知予精敬神明，不假繁文，粗记年月。时宝正六年重光单阏岁，为相之月，二十有三日记。天下都元帅吴越国王立。

防风氏神庙碑

（明）沈 彬

太祖高皇帝即位之初，正祀典，诏曰："夫岳镇海渎皆高山广水，自天地开辟以至于今，英灵之气萃而为神，止以山水本名，若历代忠臣烈士，亦依当时初封以为堂号，甚盛典也。盖上古天神、地祇、人鬼，通祀曰神，尸之以人。人惟万物之灵，盖莫灵于人也。降及唐世，日远于人，渐无神像。儒先莫考其详，大而天神，咸以舍奠致敬，他可知已。会稽之北，江淮之阳，封禺之间，神号防风氏。远自有虞以上，必则古先治民圣贤，民到于今，思之不忘而报。事见灵德王碑，详具颜鲁公碑，今莫考其详焉。彬本县人，而生也晚，常有是言间语于人，质诸乡父兄、君子："决非禹戮。"后期乃其济世，不肖子孙是非孔子所考载专车骨者，呜呼！安得一正祀典，期日俾牲牢礼一如古初，上闻于朝，以洗古之缪之为快哉？今未敢也。

防风祠大殿楹联

　　五千年藩分虞夏，矢志靡陀，追思洪水龙蛇，捍患到今留圣泽；

　　一百里壤守封禺，功垂不朽，试看崇祠俎豆，酬庸终古沐神庥。

会稽山赞

（东晋）郭璞

禹徂会稽，爰朝群臣。

不虔是讨，乃戮长人。

玉匮表夏，玄石勒秦。

（嘉泰《会稽志》卷二十）

涂山铭（序略）

（唐）柳宗元

惟禹体道，功厚德茂。

会朝侯卫，统一宪度。

省方宣教，化制殊类。

或会坛位，承奉仪矩。

礼具乐备，德容既孚。

乃举明刑，以弼圣谟。

则戮防风，遗骨专车。

克明克威，畴敢以渝。

宣昭黎宪，耆定混区，

传祚后胤，丕承帝图。

涂山岩岩，界彼东国。

惟禹之德，配天无极。

即山刊碑，贻后训则。

（《柳宗元集》卷二十，中华书局1979年版）

送千年李将军赴阙五十韵（节录）

（唐）李商隐

照席琼枝秀，当年紫绶荣。

班资古直阁，勋伐旧西京。

在昔王纲紊，因谁国步清。

如无一战霸，安有大横庚。

内竖依凭切，凶门责望轻。

中台终恶直，上将更要盟。

丹陛祥烟灭，皇闱杀气横。

喧阗众狙怒，容易八蛮惊。

梼杌宽之久，防风戮不行。

素来矜异类，此去岂亲征。

（《全唐诗》）

涂山

（唐）胡曾

大禹涂山御座开，诸侯玉帛走如雷。

防风谩有专车骨，何事兹辰最后来。

（《全唐诗》）

防风庙

（宋）陈必复

一去归期不复闻，故乡目断会稽云。

乌江空堕将军泪，蜀国曾招望帝魂。

两壁衣冠存古貌，千年城郭说邦君。

遗民尚指专画骨，老树槎牙枕庙门。

濠州七绝·涂山

(宋)苏轼

川锁支祁水尚浑，地埋汪罔骨应存。

樵苏已入黄能庙，乌鹊犹朝禹会村。

(《苏轼诗集》卷六，中华书局1982年版)

游武康

(明)宋鉴

自入封禺境，居然见古风。

行歌牧犊子，檐曝被裘翁。

野卉输官赋，山蚕课女红。

他年遂高卧，避地此丘中。

(清道光《武康县志》，德清县博物馆藏本)

下渚湖

(清)洪昇

地裂防风国，天开下渚湖。

三山浮水树，千巷画菰芦。

埏埴居人业，渔樵隐士图。

烟波横水艇，一片月明孤。

封公洞

（清）洪昇

松崖未及岭，石洞忽旁穿。

泉滴四时雨，云通一线天。

虫蛇盘土室，蝙蝠避炉烟。

最是山僧静，袈裟正坐禅。

（清道光《武康县志》，德清县博物馆藏本）

防风庙

（清）唐靖

自昔防风氏，山川亦禹敷。

春秋绝长狄，吴越始神巫。

云暗东西岭，花深上下湖。

有司仍俎豆，不改旧封禺。

（清道光《武康县志》，德清县博物馆藏本）

[叁]防风传说与乡土茶道

四千年前防风古国的茶饮习俗—吃烘豆茶,代代相传,蔚然成风,至今仍在德清县三合乡一带流传。

如今,在德清县三合乡二都村封山(防风山)之麓、下渚湖之滨的防风王庙原址上已重建防风氏祠,再立防风氏塑像,祠前树立了《防风神茶记》碑,碑文如下:

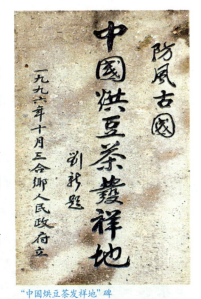

"中国烘豆茶发祥地"碑

防风神茶记

吾乡为防风古国之封疆。相传防风受禹命治水,劳苦莫名。里人以橙子皮、野芝麻沏茶为其祛湿气并进烘青豆做茶点。防风偶将豆倾入茶汤并食之,尔后神力大增,治水功成。如此吃茶法,累代相沿,蔚成乡风。此烘豆茶之由来,或誉"防风神茶",然配料因地而异,炒黄豆、橘子皮、笋干尖、胡萝卜,不一而足,各有千秋。但均较此间烘豆茶晚出。邑产佳茗著录《茶经》,风味更具特色,宜乎有中国烘豆茶发祥地之桂冠也。爰为立碑纪念,茶人蔡泉宝策划,县乡领导主与其事,并勒贞珉传之久远。

丙子十月谷旦　卢前　撰文　郭涌　书丹

四千年前，位于中国钱塘江与太湖流域间的防风古国，其中心地区为现在的湖州市区及其所属的德清、安吉、长兴三县和杭州市余杭区西北部的良渚、瓶窑、彭公、长乐、黄湖、安溪一带，至今仍流传着相同的饮茶文化习俗。人们饮用的风俗茶，被称为"烘青豆茶"，或云"咸茶"、"风味茶"，尊称为"防风茶"等。这种地方特色和茶礼风俗在全中国也是独一无二的。

防风茶的配料与腌制，主要选用防风果，其皮特厚，质清脆，肉酸，一般不食用。将其切成细丝状，拌以紫苏子（又称"野芝麻"，颗粒细而香，其叶称"紫苏"，可入药，散风寒），以盐腌制，置于器皿中储存，泡茶时，取腌制的紫苏子与防风果皮，加烘青豆(用新鲜青

加工烘青豆

豆烘制而成)和细嫩的谷雨茶于盅内,用开水冲泡,加盖后待五至十分钟便可饮用清香可口、带有咸味的风味茶了。东部水乡地区农家也有加姜末、丁香萝卜(胡萝卜)干丁入茶,西部山区农家加放细嫩的笋干丝入茶,湖州、德清、上柏等地人,又另用青果(新鲜橄榄)入茶,戏称"元宝茶"。饮防风茶,一般冲三回开水后把杯中诸物连茶叶倒入口中,细嚼慢咽,其乐无穷,故当地人往往将此饮茶方式称为"吃茶"。

凡正月里或平时贵客登门,当地主人往往先以一杯糖茶(白糖冲开水)、一杯防风茶敬客,待饮完糖茶、吃毕防风茶后,主人再奉上一杯清茶款待客人。

为何这种"吃茶"风俗代代相传,蔚成乡风,至今仍在德清县三合乡及杭嘉湖地区流传?德清当地资深茶文化研究人员经过几十年的考察论证后认为,防风茶乃江南地区最原始的祭祀饮料之一。早在四千年前的防风氏时代,百姓已经开始以茶为祭品。后来,防风氏被大禹冤杀,当地人就以茶祭祀防风氏。唐代以茶祭祖已十分流行,广德年间长兴顾渚山出产的紫笋茶被列为贡品,限期送往京城,"先祭宗庙,后赐近臣"。民国时期,德清、武康、二都、上柏一带乡民皆以防风茶代酒祭祖。

防风茶是中国江南地区先民最早利用中草药材配制的祛病饮品。古代太湖流域气候温和,直至1111年太湖才第一次出现冰冻,

防风茶

防风茶道

但风寒湿症在这一带仍很普遍，百姓经过长期的生活实践，配制出这种药茶饮品，它具有平肝明目、健胃生津、降脂理气、祛湿驱寒的功效，达到治病、防病的目的。如今防风茶在江南大地流传千年，蔚为乡风，也是纪念防风氏造福一方、福泽后人的无量功德。

关于烘豆茶（又称"熏豆茶"、"防风茶"）的由来，有三种传说：

（1）太湖流域的江苏省吴江县（今苏州市吴江区）庙巷乡开弦弓村（今苏州市吴江区七都镇），一千七百多年前，吴国大将伍子胥曾在此屯兵操练，当地百姓自发采集毛豆，剥肉烘干，以充军粮，慰劳伍将军。伍将军吃了一把咸味熏豆之后，感觉口干舌燥，就添加了些茶水，成了咸津津、香喷喷的熏豆茶。

（2）八百多年前的南宋绍兴年间，岳飞出任清远军节度使，军队驻扎在今洞庭湖畔汨罗县营田镇。麾下士兵大多来自中原地区，一到南方水土不服，军营中腹胀肚泻、厌食乏力的病号日渐增多。岳飞精通医术，他吩咐部下熬制含盐的黄豆和姜汤让士兵喝，果然，士兵的病迅速治愈。附近的百姓见此情景，也仿照这种吃法，称为"姜盐豆子茶"，也有人叫"岳飞茶"。

（3）德清县三合乡杨坟村一带，当年防风氏在此治水。天潮衣湿，当地百姓就用烘豆、防风果皮和野芝麻加野生茶煮了给防风氏吃，防风氏吃了之后，顿感精神清爽，神力大增，治水大功告成。此茶饮民间代代相传，一直流传至今，百姓称为"防风茶"。防风茶比前述吴江的熏豆茶早两千五百多年，比湖南的岳飞茶早三千四百多年。德清县三合乡首创的防风茶当之无愧地成为烘豆茶之源。

防风茶中，茶是载体，烘豆是主体，别的配料随季节而变化。烘豆是用毛豆烘制而成，毛豆即黄豆，亦叫"大豆"，是世界公认的"植物蛋白之王"。

防风氏时代当地有没有大豆？据浙江省农科院大豆研究所提供的资料：大豆以家庭种植的形式出现在公元前21世纪的中国东中

部，距今约有四千三百年，后来才传到中国的中部和北部。

2004年10月，省农业厅专家在下渚湖发现了二百多亩罕见的野生大豆植物。这种野生大豆，在防风古国乃至德清县中部地区的河滩、田埂和荒野旱地上都有生长。《中国高等植物图鉴》第二册中记：野大豆，又名"乌豆"，一年生缠绕草本，荚果矩形，长约2厘米，密生黄色长硬毛，种子二至四粒，黑色。分布在中国东北及河北、山东、甘肃、陕西、四川、安徽、湖南、湖北，在朝鲜、日本等国也有。生山野，种子富含蛋白质、油脂。除供食用外，还可榨油及药用，有强壮利尿、平肝敛汗之效。

三合乡农家地间种植大豆，下渚湖地区至今还保存着成片的野

防风茶道表演

生大豆植物，足以证明黄豆成为防风神茶中的主料，是完全有事实根据的。

防风茶是与众不同的绿色健康茶饮，当地百姓对它情有独钟，在民间传递着一份温馨，人们边吃茶边聊天，相互间的友情、乡情、亲情甚至爱

情都融合在吃防风茶的过程中。

吃防风茶，就是一盅或一茶碗内的茶叶连带配料统统吃入肚子里。这种吃茶方式，不是用茶壶冲泡，而是直接泡于碗中。

在德清县三合乡民间，盛行"三饭六茶"的习俗，年人均消费茶叶五至七斤，防风果与烘豆各六斤左右，野芝麻半斤左右。

吃防风茶，衍生出名目繁多的茶礼茶俗，如毛脚女婿茶、女儿定亲茶、新娘子茶、请新娘子茶、亲家婆茶、讲天话（拉家常）茶等。还有不定期互请吃茶的打茶会。如今下渚湖畔三合乡周边农家，凡喜事临门的日子，都盛行请吃茶。一年四季，吃防风茶成为当地百姓一种实实在在的生活习惯。

概括地说，防风古国的茶礼就是"和"、"敬"、"清"、"乐"四字，其文化内涵是：和气和谐，邻里和睦；敬老爱幼，互敬互助；廉洁清白，清心俭行；知足常乐，其乐融融。

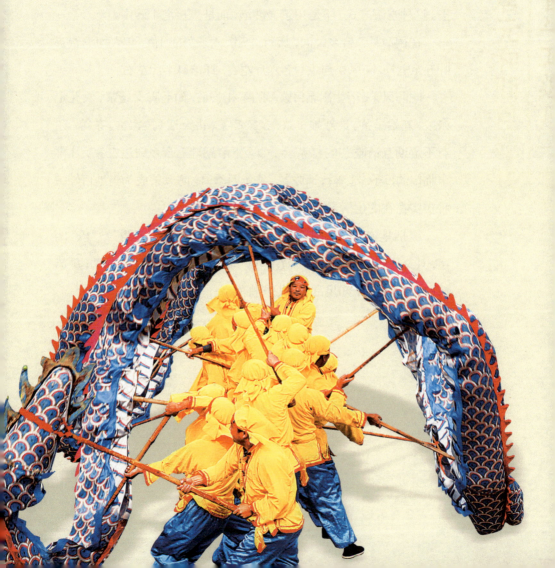

五、防风传说的保护与传承

防风传说是关于防风氏的神话故事与历史及吴越古文化的一种传承载体。挖掘、整理和研究防风传说，是对远古历史的探索与研究，不仅有利于丰富中国及东南亚国家神话学的建设，而且对推动夏朝前期的历史及江南稻作文化的研究等具有现实意义。

五、防风传说的保护与传承

[壹]防风传说的文化价值与影响

防风传说是关于防风氏的神话故事与历史及吴越古文化的一种传承载体。挖掘、整理和研究防风传说，是对远古历史的探索与研究，不仅有利于丰富中国及东南亚国家神话学的建设，而且对推动夏朝前期的历史及江南稻作文化的研究等具有现实意义。防风神话传说的发现与传承，不仅提高了中国神话的国际地位，也丰富了世界神话的宝库，为中国文化增添了荣耀。

自20世纪80年代起，防风口承神话传说被陆续发现和采录，开启了防风文化研究之先河。1990年1月，《民间文学》发表了防风传说《尧封防风国》、《大禹找防风》、《防风立国》、《防风著书》、《防风之死》、《防风塔》、《防风井》、《防风为何封王》、《防风三难大禹》及《珍贵的发现》一文。这些传说故事，均是1987年至1988年民间文学普查期间在采风过程中搜集到的。另外，还有《漆狄向禹疆讨山》、《三鱼精封神夺地盘》、《三王选地盘》、《雌雄井》、《篾匠将军》、《石龟传奇》、《防风王的架坯》等。钟伟今、钟铭的《防风故土考察报告》在1990年5月中国齐鲁神话学术研讨会上宣讲以后，这一远古神话的"活化石"引起了全国民间文学界、社会学界、历史学界的极大关注，1991年12月、1993年12月在防风故土德清县三合乡先后召开了第一、二届中国防风神话学术研讨会；2011年12月，召开第三届防风神话学术研讨会。与会者有著名的历史学教授、民俗学研究员、博士，还有长期不辞辛劳实地考察的民间文艺家，研究范围涉及整个太湖流域乃至齐鲁地界。1996年12月，钟伟今主编的《防风神话研究》由安徽文艺出版社出版；1999年，钟伟今、欧阳习庸主编的《防风氏资料汇编》由天津古籍出版社出版。两书先后问世，吸引了国内外更多学者和专家的关注。湖州市民俗学者、中国神话学

《浙江民间故事史》书影

《防风氏资料汇编》（增订本）书影

2007年5月，德清县防风文化学者聚集于防风祠，召开防风神话座谈会

会会员钟伟今是防风文化的主要研究者，积累了五十多万字的研究成果，在中国神话学和历史学界产生了较大的影响。这种影响还波及海外，日本学者铃木健之曾慕名来德清县三合乡进行实地考察，并据此撰写了介绍防风氏的学术论文，称防风氏是一位"迟到的英雄"。澳大利亚籍华裔民间文艺学家谭达先博士先后为《防风神话研究》作跋、为《防风氏资料汇编（增订本）》作序，还于2005年5月亲临三合乡考察防风文化。

作为中国神话学界的第四大发现，防风传说是研究吴越古文化乃至中国上古文化的珍贵材料，具有很高的文学价值和学术研究价值，引起学界的高度关注。

2005年5月，德清县防风文化学者与澳大利亚学者在防风祠（从左到右分别为谭达先、钟伟今、卢前）

　　神话学价值。防风传说丰富了中国神话宝库。20世纪80、90年代采集的以德清县三合乡为主体的防风神话，被誉为继中原神话、云南岩画、纳西族祭天古歌之后我国远古神话类作品的第四次大发现。

　　历史学价值。防风氏研究对于中国上古史研究是一个较好的切入点。

　　民族学价值。有助于探讨和研究防风氏与百越民族、夏族、东夷的关系。

　　语言学价值。为探究北方方言甚至日本的语言方面提供了较好的材料。

　　乡土文化建设价值。弘扬自强不息、艰苦奋斗、急功好义、为民造福的防风精神，对于增强人们对乡土的自豪感和共建乡邦的凝聚

力，具有现实意义。

随着国内防风传说研究的兴起，许多学者进一步探讨相关问题，包括防风氏史迹、防风地望、防风神话传说、防风传说遗迹遗物（防风庙、防风神像、防风祠、防风古碑、防风古洞）、防风民间信仰、防风民俗、防风文献流传等，这些内容已经构成了具有独特价值的防风文化研究，成为一个新兴的、内容丰富的跨学科学术专题。关于防风氏及相关问题的研究，涉及上古史、文明起源和早期国家形成、神话传说、民间文学、民俗民风等诸多课题。这些问题的研究，也应纳入地域文化的研究范围。从今天的区域看，湖州及德清一直属于历史上的吴地，防风文化应是吴地文化的一部分。实际上，搜集者在苏南也发现两篇防风传说。防风氏的史实，应属于"太伯奔吴"建立吴国前的先吴文化的重要组成部分,而搜集整理的防风传说和遗迹,自然应当归入吴地文化范畴。

从政体结构考察,远古时代华夏大地存在着诸多的邦、方,各不统一。传说中的尧舜时代,可能已出现统一的趋势,到大禹时,这种统一趋势更加明显。借助治水这样的大事,大禹已成为名义上统治四方的君长,这是早期国家政治地理结构的第一层;而大禹之下有所谓的四方,每个方向都有众多的邦、方、部落,早就形成了局部的统一。出现所谓的"大方",即后来称为"方伯"的君长,如尧舜时代的皋陶、共工等。防风氏即是雄踞一方的首领。在这种政治框架下,会盟、巡狩,都是上古时期中央对地方统治的主要形式。那时方国间的联系很不方便,几年会盟一次,天子也定期巡狩天下。防风氏"后至",表明防风氏没有在规定时间内到达,迟到了,并且迟到的时间较长。关键是防风氏的活动地点似乎离大禹召集群神(四方诸侯)会盟的地点——会稽不太远,大禹发怒,最终将其残忍杀害,同时灭掉了防风国。后来禹之六世孙帝杼的幼弟封于会稽,建立於越国,这个於越国就是在古防风国的基础上建立的。

《国语·鲁语(下)》中的"公侯",既是山川之神,又统治某一方。但他们又在王(天子)的统治之下,统治天下的王匹配天神,天神可以号令山川群神。社稷之神要听命于王,故王有号令天下公侯(群神)的权力。这样,形成了"天子—公侯—诸侯"与"天神—山

川—群神"的匹配结构, 这和西周政治地理结构为"天子(周王)—方伯—诸侯"是一致的。由此可知, 夏、商、周三代政治地理结构基本上是一脉相承的。

防风氏在政治上的身份就是大禹的方国统一体下的大诸侯, 相当于西周的方伯。在宗教上, 就是一方之神, 政治身份与宗教身份是合一的。

大禹杀防风氏的过程非常残忍, 肢解尸体, 陈尸示众, 以儆效尤。这在先秦文献的记载中不多见。大禹要建立自己的政治、宗教权威, 对敢于反抗或不敬的地方诸侯决不手软。

防风传说中展现的坚忍不拔、公而忘私和自强不息的精神, 直接影响了中华民族的发展方向。正如神话学者袁珂先生所言:"我们的民族, 毋庸自愧地说, 诚然是一个博大坚忍, 自强不息, 富于希望的民族。神话里祖先们伟大的立人立己的精神, 实在是值得作为后代子孙的我们很好地去学习, 去发扬的。"

[贰]防风传说的保护与传承

防风传说于2011年5月成功入选第三批国家级非物质文化遗产名录, 如何更好地保护与传承, 成为一个重大课题。浙江省文化厅明确要求每个国家级"非遗"项目都要有"一个保护方案、一个专家指导组、一个工作班子、一个传承基地、一个展示平台、一套完备档案、一册普及读本、一项配套政策"。作为防风传说, 在"八个一"的总体保

2010年5月，防风传说列入国家级非物质文化遗产名录

护方针下，如何具体开展工作使保护更加有效，如何结合传说自身的特点使保护更贴近实际呢？基于这一出发点，我们走访了防风故土，采用调查问卷、访谈等方法考察了目前防风传说的实际传承状况。

（一）防风传说的传承现状

在调查中，我们发现民众存在一种误区，认为书本上有文字记载的才是可靠的，而民众口耳相传的故事是不可信的。因此误认为除了史料记载外，许多民间口传的防风传说是失真的，是不值得一说的。受这样一种观念的束缚，当地的孩子们虽生于斯长于斯，但对防风传说却很陌生。我们随机走访了三合乡的几所小学，调查数据显示，只有32%的孩子了解或会讲防风故事，其中会讲两则故事以上者只占18%。

相反，一旦某则传说被采录，民众在讲述中变得非常谨慎，生怕某一个细节与书本不符，传说的独特性在文字面前黯然失色。在调查中，很多老人明确表示："书上都有的，我说得并不一定对，你去看看书就明白了。"

其实，民间传说是普通民众的历史，从来不以书本为凭据。这些传说，没有写上书本的权利，但它们能够让民众一代代地传承下去，历经千百年而不失传。

民间传说是集体智慧的结晶，始终没有定稿。任何人，甚至不同时代的人都可以在讲述的时候增加自己的主观见解。因而，从某种程度上来说，传说故事饱含了民众的道德情感、为人的哲学，并不只是单纯的故事。

我们可以发现，在讲述过程中，故事外延被放大。讲述者很巧妙地抓住听众心理，哪一个环节需要深入讲，哪一部分需要肢体语言辅助，哪一部分需要用不同的声音来演绎，即便是同一个人讲述同一个故事，也不可能一模一样。

面对大量传承人年事已高的现实，我们抢救性地进行了搜集、整理、记录，但仅靠记录显然不够，对于防风传说等故事的抢救，还需要借助录音、视频等先进设备，建立专门的数据库，尽可能保留更多的内容。

在三合乡，防风传说除了口头讲述之外，还有防风祠、防风井、防风亭、防风神茶等一系列相关的物质载体，同时，还有每年农历八月二十五秋祭防风王民俗活动。我们在调查时发现，这些载体在防风传说口头讲述时只是零星附带，而且讲述者年龄偏大，与其他地区、其他传说一样，均面临着传承断层的现象。针对这一现象，我们有意将二都村的防风传说调查分为三个年龄层次，大部分面向学生，走入校园。其中一位老师的回答引起了我们的思考："我自己都不清楚怎么去教孩子，只会误导孩子。"传承乃代代相传，环环相扣，在前一环已经出现问题，我们又怎能要求后一环紧紧相扣呢？

（二）防风传说的传承与保护

防风传说的传承与保护，关键是首先要让民众主动贴近防风传说，乐于讲述"我"所了解的、"我"所听到的防风故事。传承与保护秉承整体性原则，通过多渠道、多途径，并且有针对性地开展实施计划。

1. 通过图片、文字、视频等手段加强防风传说的宣传。

走进二都村，我们便发现在防风祠外墙四周及内墙四壁都以壁画的形式展现防风的高大形象，有防风治水、防风神茶等内容。直观的视觉冲击，给人印象深刻。以这种形式宣传，对初到此地的游客来说，一目了然。选择好合适的地点，以壁画、图片的形式作为宣传

著名学者顾希佳、郑土有、扎拉嘎在防风文化研讨会上

展示中心，未尝不是一件好事。

　　现代社会，媒体的力量非常强大。防风传说同样可以借助视频、网络、报纸等媒体扩大宣传。如选择当地电视频道，在"非物质文化遗产日"播出相应的系列节目等。

　　2. 以表演形式演绎防风传说。

　　讲故事其实也是一种表演形式，但现在很少听到街头巷尾的人们在劳作之余以讲故事来消磨时光。实际上，"非遗"的保护并不是举着保护的旗帜重新回到过去，理应从当下出发，符合时代要求。民众日常性的讲故事已经淡出生活，我们可以适时举办讲故事比赛等活动，一来宣传防风传说，二来调动民众的积极性。

防风舞表演

　　除此之外，舞蹈、戏曲等不同表演形式也同样可以丰富防风传说。2014年，由王凤鸣编剧的《防风王》已初步完稿，这对防风文化的宣传起到了良性推进作用。

　　3. 以校园传承为重点。

　　目前，很多非物质文化遗产项目在传承上面临着后继无人的尴尬局面，传承的重中之重是下一代。我们可以尝试挑选一部分防风传说编入校本课程、乡土教材，使防风传说在校园里得到普及；编排校园剧，在"非物质文化遗产日"、校园文艺会演等场合演出。

　　4. 以庙会为契机。

　　在防风祠，每年都会举行春、秋两祭。可以说，庙会是防风文化

民俗学者钟伟今（左）与我国台湾地区"中国文化大学"教授金荣华（右）交谈

防风庙会

的集中展示。很多地方的庙会均有"做戏"这一环节，娱神更娱人。
演出曲目一般都是经典片段，如《十八相送》、《五女拜寿》等。防风
庙会的"做戏"可以考虑适当插入有关防风的内容，以说唱剧目的形
式来演绎防风传说，也是一种全新的传播方式。

5. 以旅游为依托。

二都村拥有大量与防风相关的旅游资源。如防风井，当年挖了
十三口很深的井，砍了很长的竹竿，每天早、中、晚三次用竹竿插到
水里来勘测水位的变化，至今尚有好几口井得以保存下来。传说的流
传需要这些物质载体使其更贴近民众，需要旅游的带动扩大影响。

6. 以展示馆为展示基点。

展示馆的建设可以说是防风文化的一个缩影。目前，在多方努力

防风古国文化园

下，防风文化展示馆基本得以建立。但展示馆内仅靠图片似乎不能满足参观者的需求，整个展示馆的布置需细加安排，同时建议多学习、参考其他地区的展示馆建设，从多种角度展示防风文化。

（三）防风传说传承谱系

1. 新中国成立后德清县三合乡代表性传承人谱系。

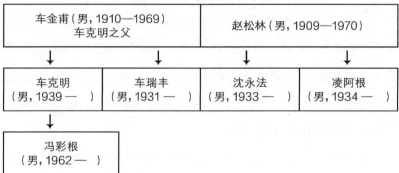

2. 浙江地区防风传说讲述人。

德清防风传说讲述人：

沈益民，男，生于1928年，农民，小学文化。

归本元，男，三合乡大赛村人，私塾文化。

韩吉初，男，农民，三合乡二都村人，文盲。

杨阿毛，男，生于1916年，农民，文盲。

朱加楚，男，生于1937年，农民，小学文化。

胡锡毛，男，生于1914年，农民，文盲。

车瑞丰，男，生于1931年，三合乡二都村人。

冯彩根,男,生于1962年,三合乡二都村人。

唐君山,男,生于1923年,三合乡二都村人。

沈永法,男,农民,三合乡二都村人。

吴寿民,男,农民,三合乡二都村人。

孙阿毛,男,农民,三合乡二都村人。

曹桂法,男,农民,三合乡二都村人。

丁沈和,男,农民,三合乡二都村人。

盛香根,男,农民,私塾,莫干何村人。

吴子法,男,农民,初识字。

戚有轩,男,农民,小学文化。

吴长寿,男,农民,三合乡塘泾村人。

陈阿毛,男,农民,武康镇狮山头人。

陈金伟,男,生于1972年,武康镇烟霞观住持。

林杏娥,女,生于1932年,武康人。

宣文辉,男,筏头乡人。

外地防风传说讲述人:

钟武,男,教师。

何德宝,男,茶馆老板。

何紫垣,女,教师。

张永茂，男，生于1912年，农民，初小文化。

俞党头，男，绍兴市型（刑）塘乡东方村石桥头，高中文化。

蔡民，男，干部。

吴袁，男，退休干部。

章小庆，男，绍剧老艺人。

洪边石，男，农民。

吴承达，男，药材公司职工。

王林初，男，安吉县下汤乡人。

舒连科，男，安吉县下汤乡人。

宋舜田，男，安吉人。

章仁田，男，安吉人。

王志民，男，安吉人。

（四）防风文化"非遗"数据库建设

国家级非物质文化遗产防风传说为中国传统民俗文化，具有重要的民族文化价值。德清县为防风文化的发源地，各级政府和民间组织非常重视，一直采取各种措施实施保护和宣传，还专门组织召开了三届全国防风文化学术研讨会，学术成果丰硕，在全国学术界产生了重大影响。对这些文献资源进行科学的归纳，建立防风文化专题数据库，有利于实现资源共享，对防风文化的传承、保护和研究意义重大。

参加首届全国防风神话学术研讨会人员合影

1. 防风文化资源调查。

（1）防风文化的资源形式。

20世纪90年代初，全国防风文化学术研讨会召开后，在全国兴起了一股防风文化研究热。专家们纷纷踏上防风故里进行实地调查，提出许多新观点，产生了大量的论文和专著。当地政府于1996年恢复了以传统防风氏祭祀为主的防风文化节，每次活动都留下了珍贵的视频、图片资料。据初步调查，防风文化资料主要有论文、专著、图片和视频，论文、专著的语种主要是中文；与防风文化相关的实物主要有防风庙和前不久刚落成的防风文化展示馆；与防风文化相关的习俗有烘豆茶等。

参加中国防风神话第二届学术研讨会人员合影

（2）资源数量。

根据查阅资料和走访有关专家，目前关于防风文化的专著有三种。论文数量据《防风氏资料汇编》统计，1994年以前约有一百零五篇（包括会议论文三十篇），另外，通过网上的中国知网和万方数据库检索，1995年以后共有约四十篇，论文总数约一百四十五篇。广为流传的民间故事十一则。据初步统计，历届防风祭奠留下的视频资料约二十部、图片无数。

2. 建设防风文化专题数据库的意义。

当今社会信息需求的无限性、多样性和个性化，使得目前一些综合性商业数据库仍不能很好地满足某一学科或某一领域人员的

中国德清第三届防风文化学术研讨会开幕式会场

检索需要。而专题数据库的内容更为丰富，不仅仅限于文本文献，还收录图片、视频以及与之有关的各种内容，可满足用户在较短时间内及时、准确地获取信息，为专题研究人员提供重要的保障。此外，开发具有特色的专题数据库也是地方图书馆的重要课题之一，能使传统图书馆在数字化高速发展的背景下延伸自己的服务对象、服务内容，提高服务效率，形成特色服务，拓展自己的生存空间。

3. 建设防风文化专题数据库。

专题数据库建设是一项系统工程，其内容主要包括文献资源的搜集、整理、分类、元数据的标引等，因此在建设时应把握以下原则：

湖州市民间文艺家协会会员在下渚湖采风

（1）版权原则。

知识经济时代，人们越来越注重对知识产权的保护，如果不妥善处理，将会给数据库建设造成严重影响。一些专著、论文，在进行数字化前，应当从著作人权益和图书馆的公益性这两方面考虑，采用购买、赠送等多种方式达成协议，保证数据库建好后可以安全使用。

（2）系统原则。

数据是数据库的核心，数据库的质量从某种意义上说取决于数据的质量，因此，要运用各种途径，如走访权威专家、网络检索等方法，保证收集的数据全面而系统，这对数据库的实用性能来说显得尤为重要。

（3）连续性原则。

一个特色专题数据库的建设不是一蹴而就的事情，只有连续收集到相关信息，形成一定的体系，才能保证数据的深度和精度。因此，在专题数据库建设过程中，要坚持对本专题及相关内容进行不间断的跟踪，并在以后的数据维护中不断增加新内容，使其形成完整、连续的信息体。

4. 防风文化专题数据库建设内容及对策。

（1）建设内容。

拟将防风文化专题数据库分为防风文化文献全文数据库、防风文化视频图片数据库两个独立的数据库。

防风文化文献全文数据库将收录与防风文化直接相关的所有中文论著和故事，主要内容分为防风文化的起源，包括典籍史料；学术研究，包括专著和论文；媒体推介，包括新闻报道、文学作品；防风文化产业，以烘豆茶为主的防风文化产品、防风文化旅游。

防风文化视频图片数据库，主要内容有：防风祭祀活动；防风民俗活动；与防风文化有关的表演作品（音乐、舞蹈、戏曲）；历届防风文化节的视频和图片，遗存的相关实物，当地与防风文化相关的生产、生活习俗等图片；防风文化的自然地理风貌图片。

防风文化数据库将对所有数字资源进行详细标引，设置检索点。

（2）数据采集途径。

搜集相关纸质文献，如专著、论文、故事等，并采取购买、赠送等方式和著作权所有人解决版权问题；

利用网上的数据库获取相关的信息，并做相应的加工处理；

向电视台、有关部门、个人等征集相关的视频和照片资料；

实地拍摄相关实物和生活习俗。

（3）建设平台。

专题数据库建设平台采用浙江省图书馆统一的TRS平台，它是构建新型信息服务模式、整合信息资源内容、提供以人为本的信息服务方式的支持平台，可以实现异构环境下非结构化信息的采集、存储、检索、控制和服务等功能。数据库中论文及专著为支持全文检索的PDF文档，视频和图片加相关标引文字。

（4）元数据标引检索。

专题数据库建设的关键是科学制作元数据，它的作用是用来描述信息资源或数据本身的特征和属性，对元数据进行标引能产生各种检索词，以便读者通过多种途径检索。可以说，数据库的标引质量直接影响着它的使用效率，因此要注意著录规则的通用性及描述语言的标准化、标引语言的标准化，在数据加工和处理时要积极采用国家标准和规范，为数据库的高效运转打下基础。

（5）信息的发布与维护。

数据库建成后，将通过浙江网络图书馆的"地方特色资源库"栏目对外统一发布，定期对数据库资源进行更新、维护，经常对系统的运行状况进行分析，关注用户的使用情况，发现问题及时整改。只有这样，才能使专题数据库的质量不断提高，系统不断完善，为广人读者提供高质量的服务。

附录

防风庙会

旧时,"岁八月廿五致祭"防风,且历代传承,渐成防风庙会。会期三天,八月二十四入庙,八月二十五为正祭日。届时,四乡民众谨具香花牲礼奉祭防风王,祈求风调雨顺,国泰民安。每逢秋季农历八月二十五,乡人络绎不绝,自发来到防风庙,点蜡烛、上清香、摆供品,祭拜防风王,以赶庙会的形式来纪念他们心目中的地方守护神防风王,祈祷防风王保佑赐福百姓,风调雨顺,粮食丰收,日子太平。

民国时期,每年秋天防风祭祀日,人们在防风王神龛和供桌上摆放猪、羊、鸡、鱼以及干果、鲜果、

防风庙会

糕点等供品。祭祀防风仪式开始，乐队吹吹打打，锣鼓喧天，先由知县三跪九叩，后由老百姓祭祀，燃放鞭炮，热闹非凡。再抬菩萨出殿，开始巡游村庄。当巡游队伍进入村口时，村民们都踊跃前来参拜菩萨，同时鸣炮。午后时分，防风祠戏台上演戏文。四面八方的民众都来看戏逛庙会，人数多时达万余人。大戏通常演三天三夜，有时演五天五夜。

1965年农历八月二十五，当地二都村民众举办"文化大革命"前最后一次防风庙会。县越剧团在防风祠戏台上连演三天大戏。各地商贩云集，乡物资供销部门组织人员沿街设摊，游人摩肩接踵。

"文化大革命"期间，防风庙会活动中断。防风祠中的历史文物遗存遭到毁坏，防风神像及四殿相公像均被毁，戏台被拆除，千年古树遭砍伐。

防风文化节

1993年12月，第二届中国防风神话学术研讨会在德清县召开，会上中外专家学者倡议修复防风文化景区。1996年春，防风祠在原址重建。大殿为传统歇山式屋顶，重檐翘角，重现"庙貌侔王居"之古貌格局。主神汪芒氏之君防风氏巨型坐像高8米多，并有配祀四殿相公神像，祠壁彩绘防风传说。当年农历八月二十五，来自德清及杭州余杭、湖州埭溪的一千六百多名群众参加民间防风祭祀活动。至此，中断二十多年的秋祭防风仪式及庙会重启。

1997年至2007年，每年农历八月二十四至二十六三天，当地民众都聚集在二都村，吃斋饭，祭防风，赶庙会，祭祀一方守护之神防风氏，同时，乡政府还举办文化与小商品交流会。

2008年9月24日，德清县三合乡二百余名村民在摆满方桌的防风祠内吃斋饭、赶庙会。每年的农历八月二十五，当地传承祭奠古代治水英雄防风氏的习俗。当天，为期三天的防风旅游文化节拉开帷幕。本次活动有秋祭防风、划龙舟、舞龙、书画展览、戏曲表演等乡村文化民俗项目，让村民和外地游客充分感受防风古国浓厚的乡土民俗文化气息。

2009年至2010年，金秋时节，丹桂飘香，一年一度的秋祭防风活动会如期举行。当地政府加大了对防风文化的保护力度，投入百万余资金，新建防风文化展示馆、戏台、放生池等配套设施。随着国家湿地公园下渚湖旅游景区知名度的提高，游客络绎不绝，游防风祠，逛防风庙会，品防风茶，体验和感受神秘古老的防风民俗文化，成为一种旅游休闲的新时尚。

2011年，防风祭典作为保护、传承防风文化的重要载体，农历八月二十五前后三天（10月9、10、11日）举行。防风文化节有传统的秋祭防风仪式、龙狮庆典、女子健身舞、中老年腰鼓舞、戏曲表演节目。道德大戏《德清嫂》亮相防风戏台，受到广大乡民欢迎。人们走村串户，"做客人"、喝烘豆茶，街上各地商贩货摊云集，参与群众达三千余人，丰富了当地群众的文化生活，促进了乡风文明。

2012年10月9日、10日、11日，防风祭祀、庙会、民俗节庆活动风生水起，庙会活动内容丰富多彩，除了秋祭防风仪式等外，道德大戏《德清嫂》再度亮相防风祠大戏台，受到广大乡民的喜爱。当地乡民走村串户，街上商贩货摊云集。

2013年9月29日，以"颂防风氏治水精神，品下渚湖清丽山水"为主题的2013防风文化节在下渚湖国家湿地公园开幕。防风神话传说，千古流传。古代防风氏风餐露宿、励精图治为民治水的精神，与当下浙江省声势浩大的全民治水运动一脉相承，凸显了"为民"精神。防风古国中心地域三合乡，在建设美丽乡村、和美家园的过程中，坚持弘扬防风治水精神，精心呵护一方山水，保护下渚湖湿地原生态自然环境。节庆活动内容精彩纷呈，有塘泾村女子龙舟队表演、

2013年防风文化节开幕式演出

秋祭防风仪式、红菱会、打茶会、鱼汤饭等，展现了防风古国原汁原味的乡风民俗。

近三十年来，德清县文广局、县文化馆、三合乡文化站、县民间艺术家协会等积极组织力量，深入乡村，通过不断挖掘、抢救、复原、宣传等一系列活动，使防风传说这一濒临失传的非物质文化遗产得以传承保护，发扬光大。

口述

我出生于福建省泰宁县一书香世家，1945年投身抗日青年军，后来又参加了新四军金萧支队。久居二都。1981年参与过地名普查，之后潜心于防风文化和德清地方文史著述。有一次，我为了答复台湾一个研究生来信中关于防风氏形象之问，特意来到县图书馆复印《述异记》中的一个章节。虽然我对书中的记载"今吴越间防风庙，土木作其形，龙首牛耳，连眉一目。昔禹会涂山，执玉帛者万国"全文倒背如流，却生怕自己回信中有笔误，所以要将复印件寄给人家。我治学问属于较真的那种人。

去年，我在《第三届防风文化学术研讨会论文集》中发现了一些新材料：据复旦大学教授郑土有辑录，《全唐诗》中共有四首涉防风（已排除两首，其中"防风"系药名），即李商隐《送千牛李将军赴阙五十韵》、皮日休《虎丘寺殿前有古杉》、胡曾《涂山》、吴融《太湖石歌》。核对之后，作为词条收入新书中。

　　近年来，湖州钟伟今先生和我发挥余热，在《防风氏资料汇编》（天津古籍出版社1999年版）的基础上，又广泛搜集资料，精心编纂了"增订本"。从原书的十九万言增加到约四十八万言，为丰富防风文化历史资料做了一点有益的事情，这本书预计在今年八九月份可以面世。

　　近年来，防风文化研究又不断出现新的观点。防风神话是历史的折射，学者王大有先生在《三皇五帝时代》（下册）中认为，良渚文化的主人之一就是防风氏族，是他们创造了良渚文化的玉器文明。武汉大学考古系的方酉生也认为，良渚文化就是历史上防风国的物质遗存。这些观点都令人鼓舞，我们下一步研究的一个重点，就是为上述观点寻找历史证据。

欧阳习庸向德清县图书馆捐赠防风文化研究资料手稿

　　还有四川著名诗人流沙河对防风传说也感兴趣。流沙河认为，防风是一个介于神话与历史之间的人物。"防"，古音同"庞"，"风"即古之"凤"字；"防风"者，大鸟也，为氏族图腾。大禹部落崇拜的图腾是龙，而防风部落崇拜的图腾是凤。大禹杀防风，反映了崇拜龙图腾的部落战胜了崇拜凤图腾的部落而确立了统治优势。据他的研究，孔子是信奉凤图腾的，而老子是信奉龙图腾的。他最感兴趣的是如今下渚湖一带有没有流传着关于凤凰的传说，而湖上恰恰有水凤凰（水雉）繁衍生息。

　　汪氏源自商代汪芒氏之后。汪芒氏又称"汪罔氏"，是防风国部落大族群的姓氏，防风为大禹时代的部落首领。禹召集诸侯到会稽山，防风氏因为晚到而被禹杀头。进入商朝，防风氏的后代就改为单字汪氏。汪氏子孙即商代汪罔氏后代，而其祖先又是夏朝诸侯，所以汪氏的渊源可谓悠久，距今大约有四千年历史。为此，我与县里不少文史学者都提出，作为汪姓发祥地和源头的三合乡，应该建造一座上规模、上档次的汪氏祠堂或纪念馆，成为下渚湖湿地风景区的标志性建筑和主要景点，为下渚湖旅游增添文化内涵，同时也可供海内外汪姓族人寻根问祖。如有可能，还可以举办较大规模的公祭防风活动，并筹建汪姓联谊会，联络海内外汪姓子孙。

讲述者：欧阳习庸

记录者：赵福莲

主要参考文献

1. 《防风文化的兴盛与发展》　作者: 欧阳习庸

2. 《三皇五帝之争与德清的防风古国》　作者: 陈景超

3. 《防风王与防风树》　作者: 王凤鸣

4. 《历久弥新的防风神茶》　作者: 蔡泉宝

5. 《新录现存民间防风口传故事数则》　作者: 余筱璐

6. 《防风古国是天下汪氏之源》　作者: 钮智芳

7. 《非遗保护视角下的防风传说解析》　作者: 沈月华

8. 《馀干溪、封禺之地、奉禹之祀》　作者: 朱建明

9. 《浙江防风氏神话述论》　作者: 张爱萍

10. 《神话学信息——防风神话专号》　中国神话学会编

11. 《防风氏资料汇编》　主编: 钟伟今、欧阳习庸

12. 《防风氏资料汇编》(增订本)　主编: 钟伟今、欧阳习庸

13. 《防风氏的历史与神话》　作者: 董楚平

14. 《防风神话研究》　主编: 钟伟今

15. 《中国神话传说》　作者: 袁珂

16. 《中国神话史》　作者: 袁珂

17. 《古越民俗选存调查》　作者: 王水

18. 《中国古史的传说时代》　作者: 徐旭生

19. 《中国·德清第三届防风文化学术研究会论文集》（2011年）

20. 《德清非物质文化遗产大观》　主编: 陈震豪

21. 《浙江民俗大观》　浙江省民间文艺家协会选编

22. 《中国民间文学集成·德清卷》　主编: 郭涌

23. 《浙江省民间文学集成·绍兴市》

24. 明万历《湖州府志》

25. 清嘉庆《德清县志》

26. 清道光《武康县志》

27. 《德清县文化史料》　主编: 郭涌

28. 《中华姓氏》　主编: 郑宏峰、张红

29. 《史记》　作者: 司马迁

30. 《山海经》　先秦古籍

31. 《全唐诗》　编校: 彭定求等

32. 《中国民族神话词典》, 作者: 袁珂

33. 期刊类: 《湖州师专学报》、《浙江社会科学》、《水乡文学》、《陆羽茶文化研究》、《民俗研究》、《浙江方志》、《民俗学刊》（中山大学）。

后记

　　德清县三合乡为古防风国中心地域，距今已有四千多年文明史。民间流传着许多防风传说，以及防风祭祀、防风庙会与饮防风茶等古老民俗，防风传说也成为吴越古文化的"活化石"，令世人惊喜，并吸引了海内外专家学者的广泛关注。防风传说不仅与典籍记载相印证，而且还拓展了上古神话的文化信息容量，增加了中国神话的维度、广度与深度。对今后防风神话的原生态探索与重构，对华夏民族与百越民族的纷争与融合，对大禹治水、良渚文化、长江文明的研究，对中国乃至东南亚国家的神话学建设都大有裨益。

　　1991、1993和2011年，德清先后三次召开了中国防风神话学术研讨会；1996年，在防风山南麓重建防风祠，恢复了中断三十余年的防风氏祭祀活动。2011年5月，防风传说入选第三批国家级非物质文化遗产名录，正是过去社会各界为此付出的辛勤努力所得到的回报。

　　本书全面梳理了防风传说的起源与发展，以及当下的保护与传承，还特别收录了近现代防风庙会与当代防风文化节等民俗档案资料，客观地展示了德清防风文化习俗多姿多彩的风貌。

　　本书在编撰过程中，德清县委、县政府有关领导十分重视和关心，也得到了审稿专家的悉心指导，且得到省非物质文化遗产项目代表性传承人欧阳习庸、民俗学家钟伟今，以及德清县文化广电新闻出版局吴敏瑾、郭涌、姚季方、邱奕、朱炜、吴文贤、楼其梁、张梁、沈艳、余筱璐等人的大力支持，特在此一并致谢！

　　由于编书时间和篇幅所限，书中难免有疏漏及不足之处，还望专家、读者批评指正。

作者

责任编辑：唐念慈

装帧设计：薛　蔚

责任校对：王　莉

责任印制：朱圣学

装帧顾问：张　望

图书在版编目（ＣＩＰ）数据

防风传说 / 姚明星, 吴敏瑾主编；周江鸿编著. --
杭州 : 浙江摄影出版社, 2015.12（2023.1重印）
（浙江省非物质文化遗产代表作丛书 / 金兴盛主编）
ISBN 978-7-5514-1183-7

Ⅰ.①防… Ⅱ.①姚… ②吴… ③周… Ⅲ.①民间故
事—作品集—德清县 Ⅳ.①I277.3

中国版本图书馆CIP数据核字（2015）第278250号

防风传说

姚明星　吴敏瑾　主编　　周江鸿　编著

全国百佳图书出版单位
浙江摄影出版社出版发行
　　　地址：杭州市体育场路347号
　　　邮编：310006
　　　网址：www.photo.zjcb.com
制版：浙江新华图文制作有限公司
印刷：廊坊市印艺阁数字科技有限公司
开本：960mm×1270mm　　1/32
印张：6
2015年12月第1版　　2023年1月第2次印刷
ISBN 978-7-5514-1183-7
定价：48.00元